Monika Pauderer

Kerzenliacht

Monika Pauderer

Kerzenliacht

Bayrische
Geschichten und Gedichte
zur
Weihnachts- und Neujahrszeit

mit Scherenschnitten
von Gertrud W. Richter

BAYERLAND

Von Monika Pauderer sind in der Verlagsanstalt »Bayerland« Dachau außerdem erschienen:

Winterzauber – Weihnachtszeit
Versl, Gschichten und zwei heitere Theaterstückl für die Advents- und Christfesttage
ISBN-10: 3-89251-256-6
ISBN-13: 978-3-89251-256-6

Wunderweiße Lichterzeit
Geschichten und Gedichte für die schönsten Tage im Jahr
ISBN-10: 3-89251-314-7
ISBN-13: 978-3-89251-314-8

Ja, da legst di nieder!
Staadlustige Gschichten und Versl zum Schmunzeln
ISBN-10: 3-89251-292-2
ISBN-13: 978-3-89251-292-9

Was Freude macht
Bilder von Josef Wahl
ISBN-10: 3-89251-308-2
ISBN-13: 978-3-89251-308-7

Das schönste Christkindl
Verserl und Geschichten von Nikolaus bis Dreikönig
ISBN-10: 3-89251-327-9
ISBN-13: 978-3-89251-327-8

Flockentanz und Sternenglanz
Weihnachtliche Geschichten und Gedichte
ISBN-10: 3-89251-360-0
ISBN-13: 978-3-89251-360-5

Feuer, Flamme – Wasser marsch!
Vorwiegend Heiteres über die, die für uns durchs Feuer gehen
ISBN-10: 3-89251-329-5
ISBN-13: 978-3-89251-329-2

Bayerland-Geschenkbücherl
80 Seiten, Format 12 x 17 cm

Das kleine große Wunder
Versl, Gschichten und Betrachtungen für die Zeit der Erwartung
ISBN-10: 3-89251-114-4
ISBN-13: 978-3-89251-114-4

Pfundige Ferien
Für Urlauber und Daheimgebliebene
ISBN-10: 3-89251-066-0
ISBN-13: 978-3-89251-066-6

Ja, ja, die Weiberleut' …
Feine »Spitzen« über Evas Töchter
ISBN-10: 3-89251-204-X
ISBN-13: 978-3-89251-204-0

An guad'n Gsund!
Medizin für alle Tage
ISBN-10: 3-89251-034-2
ISBN-13: 978-3-89251-034-5

Bayerland-Reihe
»Kurz und guat«
64 Seiten, Format 12 x 17 cm

Windfahndl
Versln üwa 's Auf und Ab in da Liab
ISBN-10: 3-922394-22-1
ISBN-13: 978-3-922394-22-8

Herausgeber und Gesamtherstellung:
Druckerei und Verlagsanstalt »Bayerland« GmbH
85221 Dachau, Konrad-Adenauer-Straße 19

6. Auflage 2006

Printed in Germany

ISBN-10: 3-922394-43-4 · ISBN-13: 978-3-922394-43-3

Inhalt

’s Jahr werd oid

A Flüglschlog
rauscht übers Feld.
A Krohaschwarm foid ei.
Driab san de Dog,
grau is de Welt.
Wia lang werd dees so sei?

Kahl san de Baam.
Wia Geisterhänd’
streckan s’ in d’ Luft de Äst’.
Du wuist’s ned glaabn,
ma riacht scho ’s End’!
As Laub is boid vawest.

A Lacka gfriat,
bricht unterm Schritt
und gibt an hellen Klang.
De Zeit is miad,
kimmt nimma mit.
Und d’ Dunkelheit bleibt lang.

De Nächt’ san koid.
Reifüberhaucht
san d’ Wiesn in da Fruah.
As Jahr werd oid
und is vabraucht.
Hod Dog scho gseng grod gnua.

Wintermorgn

Wenn graurot da Morgn über d' Hausdächer kriacht,
brennt in manche Fenster no schimmernd as Liacht.
Aus de Kamine steigt schräg auf da Rauch.
D' Stadt fangt as Schnaufa o, ma siegt ihrn Hauch.

D' Baam stengan wia Scherenschnitt, schwarz gegan Schnee
und reckn wia klagend ihr Astwerk in d' Höh.
Schwaar fliagn de Krohan und ham gor koa Eil',
doch d' Möwen zaschneidn an Himme wia Pfeil'.

Es knarrzt wo a Haustür, es knirschn de Schritt.
Da Atem, der ziagt wia a weiß Woikal mit.
A Hund bellt, jagt Hasn am schneeweißn Feld,
und langsam kimmt Leben in d' froststarre Welt.

Eisbleamen am Fenster, phantastischer Farn.
Da Hausmoasta kimmt mit seim Salzstreuerkarrn,
rotgfrorn de Nasn und d' Haubn diaf im Gsicht.
As Morgnliacht se in de Eiszapfn bricht.

Da Bus biagt um d' Eckn, es wartn paar Leit,
grantig und miad no und ganz ohne Freid.
D' Straßenlaterna gehn aus auf'n Schlog.
D' Nacht is vaganga, und langsam werd's Dog.

Frostdog

Da Schnee knirscht, und es kracht as Eis,
de Birknbaam stehn starr und weiß.
Eisbleamen san in d' Scheibn graviert.
Vorm Gsicht da Hauch oam fast scho gfriert.
Frost beißt in d' Nasn, kriacht ins Gwand,
ma gspürt kaam d' Finger an da Hand.
Da Himme selber is wia gfrorn,
und d' Vogerl ham ihr Stimm' valorn.

Auf oamoi kimmt de Sonna raus
und breit' ihrn Glitzerteppich aus.
In tausad Spiagln bricht se 's Liacht.
A Amsl unterm Busch rauskriacht
und spreizt de Flügl, plustat se.
Liachtfunkerl tanzn übern Schnee.
Und wia im Brautschmuck glanzn d' Baam.
A Wintermärchen, Winterdraam!

Abend im Winter

De Sonna, de boid Abschied nimmt,
hod 's Schneefeld rosa überhaucht.
Bevor de lange Nacht no kimmt,
is d' Wiesn wia in Feuer taucht.

Rauhreifumsponna is d' Natur.
Büsch duckn se im weißn Gwand.
Koa Laut und aa koa Menschnspur.
Steh' wia vazaubert ganz am Rand.

Vabrennt is d' Sonna, 's raucht da Schnee,
und langer Schattn macht se breit.
Koid werd's auf oamoi, i muaß geh.
Da Dog vasinkt in d' Dunklheit.

Die unheiligen drei Könige

Im Kinderzimmer war es verdächtig still. Eigentlich sollte Thomas seine Hausaufgaben machen, aber dabei drehte er sonst ab und zu das Radio auf, kam, weil er etwas fragen wollte, weil er Durst oder eine plötzliche heftige Anwandlung von Hunger hatte, um dann lustlos an seinem Marmeladenbrot zu kauen. Alles nur, um die leidigen Aufgaben vor sich herzuschieben. Sollte er nun plötzlich darauf gekommen sein, daß es sinnvoller war, in einem Zug durchzuarbeiten, um dann von der Pflicht befreit zu sein? Die Mutter lugte durchs Schlüsselloch. Im Zimmer waren die Vorhänge zugezogen. Hatte sich der Bub hingelegt, weil ihm nicht gut war?

Sie öffnete die Tür einen Spalt breit. Der Geruch nach verbrannten Tannennadeln schlug ihr entgegen. Da saß Thomas ganz versunken an seinem Tisch, hatte neben seinen aufgeschlagenen Büchern und Heften eine Kerze angezündet und hielt einen Fichtenzweig darüber, daß die Nadeln sprühend und knisternd verbrannten.

»Thomas, wia oft hab' i dir scho gsagt, du soitst ned zündeln!«

»I zündlt ja gar ned, Mama, i spui Weihnachten!«

»Was, Weihnachten? Mitten im Frühjahr! Wia kommst denn jetzt auf so eine narrische Idee? Geh weiter, lösch die Kerzn aus, und dann mach di wieder an dei Arbeit.«

Sie zog die Vorhänge auf. »Wo hast denn überhaupt das Zweigerl her?«

»Gfundn, auf'm Heimweg von der Schul. Und weil's doch heut wieder gschneibt hat, hab i mir denkt, da kannt ma Weihnachten spieln.«

»Weihnachten is grod oamoi im Jahr, genau wie Ostern und Geburtstag. Da wenn jeder feiert, wann's ihm Spaß macht, dann gäb's an schönen Durcheinand'. Bloß wegn dem bisserl Schnee!«

»Hast du noch nie Weihnachten gfeiert, wenn ned Weihnachten war?«

»No nie. Oder wart, ja, doch, oamoi.« Sie strich ihm über den braunen Schopf.
Er witterte gleich eine Geschichte hinter der nachdenklichen Bemerkung und kuschelte sich an sie. »Erzähl, Mama. Wia war dees?«
»Mei, 's is scho ziemlich lang her. I war damals vielleicht so alt wia du jetzt. Naa, wart, i bin no ned in d' Schul gangen. Und es war aa im Frühjahr. Es war sogar scho Mai. Aber draußdn hat's gschneit ghabt. Sogar ziemlich viel Schnee is gfallen, und kalt war's. Mia ham richtig gfroren. Mia ham ja aa nix Gscheids ned zum Anziehn ghabt. Wollstrümpf', die ganz furchtbar kratzt ham, Schuh, die mit Zeitungspapier ausgstopft waren, damit s' passen und warmhalten. A Hosn aus einer alten Wehrmachtsdeckn, und drüber a Röckerl, das früher amoi a Jackn von da Mutter gwesen is. A Pullover aus scho dreimal aufgetrennter Woll'. Es hat ja nix geben. Mia ham doch so lang Kriag ghabt. Aber jetzt war er vorbei, und mia ham auf die Amerikaner gwart. In unserm Dorf sind ja zum Glück die Häuser alle ganz blieben, nur draußdn am Anger is amoi a Bombn gfalln und hat einen

großen Krater eigschlagn. Aber überall waren Flüchtling' einquartiert. De ham zum Teil in windigen Schupfen ghaust, in oide Goaßenställ'. Reiche Bauern hat's aa vorm Kriag bei uns kaam geben, 's warn alles mehra Häuslleut. Die Väter ham zum großen Teil in der Fabrik g'arbeitet und d' Mütter ham a kloane Landwirtschaft betrieben, damit ma eigene Kartoffeln hat und a Milch von der Kuah oder von da Goaß. Reich war eigentle bloß der Fabriksherr, und der war scho lang nimmer da, der is abgholt wordn, und die Fabrik ham s' stillglegt. Die Väter waren ja auch nimmer da, bloß no a paar alte Männer und Buam. Und jetzt ham mia drauf gwart, daß der Amerikaner bei uns durchziagt auf seim Weg nach München.
I hätt ja eigentle ned auf d' Straß' nausdürfen, weil mei kloana Bruder krank war. Fieber hat er ghabt, is in da Mutter seim großen Bett glegen, die Vorhäng' warn zuazogen. I hab zu eahm ned neiderfa, weil ma ned gwußt hat, was eahm fehlt, und i hätt ned nausderfa, weil ma ned gwußt hat, ob i mi ned aa scho angsteckt ghabt hab. Aber i bin davo und hab mi draußd auf der Straß' rumdrückt. I woit doch den Ami aa seng!
Und dann san s' kommen, in de Jeeps, und Schwarze warn dabei! Glacht haben s' und gsungen und gwunken und uns Kinder Kaugummi zugworfen. Mia ham gar ned gwußt, was dees is und was ma mit de eingwickelten Streifen macht, de so gut nach Pfefferminz grochen ham.
Ausgrechnet vor unserm Haus fangt einer vo de Amikarrn as Kochn an, daß' eahm an Dampf grad so nausghaut hat! Und da springt einer aus dem Wagn und is kohlrabenschwarz – und er kimmt auf mi zu, daß mir glei ganz andast worden ist. Er nimmt mi bei der Schulter und schüttlt mi a wengl: ‚Sweet baby, we need water!' I hab natürle ned verstandn, was er wollen hat. I hab bloß ‚Baby' ghört und hab eine Mordswuat ghabt!
A Baby war i doch scho lang nimmer! Das war höchstens mei Bruader, obwohl der ja aa scho glei vier Jahr alt war. I hab den Schwarzen bei der Hand gnommen, zwoa andere sind auch noch vom Auto ghupft, zwoa Weiße, und mia san mitnand in unser Stuben. Stangengrood in d' Kammer, wo mei Bruader fiebrig im

Bett glegen is. Der sieht s', reißt d' Augen auf und stottert: ‚De heiligen drei König! Und der Schwarze is aa dabei!'
D' Mutter kommt reigstürzt, schlägt d' Händ' zam, wie s' die Versammlung im Schlafzimmer sieht. Drei fremde Männer in Uniform, und der Franzl sitzt im Bett mit fieberglänzende Augen und sagt oiwei nur: ‚De heiligen drei König kommen zu mir!'
Der Schwarze setzt sich zu eahm ans Bett, streicht eahm über d' Stirn, sagt was zu de zwoa andern, de gehn naus ans Auto und kommen mit a Doktortaschn zrück. Da Franzi kriagt a Spritzn und murmelt no amoi, bevor er eischlaft: ‚De heiligen drei König!'
Dann ham s' no an Haufa Sach zu uns reigschleppt, die unheiligen drei König. Konservendosen mit Fleisch, Milchpulver, Schokolad, sogar a Kuchn in der Büchsn war dabei! Da ham mir wirklich Weihnachten gfeiert, mitten im Frühjahr! Unsere drei ‚König' sind auch später immer wieder kommen. D' Mutter hat ihr' Wäsch' gwaschen, und der Franzl hat bald mit seinem Mohren Englisch glernt.
Bei unserem ersten Weihnachtsfest nach'm Kriag warn unsere drei aa dabei. D' Mutter hat an Kuchn aus Maismehl backn, der war goldgelb, als wenn an Haufa Eier drin waarn. Da Vater hat einen Stallhasn gschlacht und selbergeriebene Kartoffelknödel gmacht. A winzige Fichtn ham mia mit Strohsterndl und Blechstern aus alten Konservendosen gschmückt, und mia Kinder ham boarische Weihnachtsliader gsungen. Für unsere fremden Gäst' hat d' Mutter aus Stoffrestl Trachtenpuppen gmacht, für jedn an Seppl und a Liesl, und gfreut ham sich die drei wia d' Kinder! Sie ham a echt boarischs Weihnachtsfest mitfeiern dürfn, trotz der notigen Zeit, und sie warn ned alloa an dem Abend, so weit weg von dahoam.
Später, wia s' versetzt worden sind, ham s' uns no ab und zu gschrieben. Der George hat mir aus Paris a seidens Kopftüchl gschickt. Er hätt dahoam aa so a kloane schwarzaugate Tochter ghabt wia mi, hat er erzählt. Später is er im Koreakrieg gfalln. Da Jim, der schwarze ‚Mohrenkönig', war Doktor in Atlanta,

Georgia. Und der Franzl war amoi bei eahm drüben auf Bsuach.«
»Is er deswegen nach Amerika gangen, der Onkel Franz?«
»Vielleicht.«
»Dann lern i jetzt aa Englisch und fliag nach Amerika und wer a Astronaut.«
»Da muaßt aber scho no viel lernen, und am besten fangst glei damit o!«

Rauhnacht

De dürrn Äst' knarrzn im Wind,
er nagglt an de Fensterscheibn,
faucht im Kamin. Am Firmament
wia schwarze Reiter d' Woikn treibn.

Unheimle jammert's im Kamin,
de wuide Jagd hat se vairrt.
Da Sturm reißt Fetzn aus'm Mond,
sei suiberns Liacht rinnt aus und gfriert.

Koa oanzga Stern am Himme leucht.
Mit schwaarem Flüglschlog kimmt d' Nacht.
A jeda Menschnlaut is gstorbn.
Rauhreif hod d' Welt wia glosern gmacht.

Am Voglhäusl

Kimm, Vogerl, kehr doch zua,
im Häusl findst grod gnua.
Da Hunger duad da weh,
denn draußdn liegt da Schnee.

Geh, sei hoid ned so dumm
und schaug ned oiwei um!
No hod's doch koana gneist,
was ma bei mir da beißt:

De Sonnablumakern
megn olle Vogerl gern.
Nimm nur, sovui du mogst,
ned mehra, oisd vatrogst!

Kimm, Vogerl, fürcht di ned,
wer hinterm Vorhang steht,
is neamads sonst ois i.
I schaug gern zu dir hi.

Geh, Vogerl, bleib doch do,
mach mi a wengl froh.
Da Winter mir ned gfoit,
wenn's gfriat, und ois is koid.

Mei, Vogerl, dees werd schee,
wenn erst moi schmuizt da Schnee.
Wachst wieda 's Gros am Roa,
na sing ma, olle zwoa.

De scheene, staade Zeit

Geh weida, bsorg no gschwind an Kranz,
mia ham ja morgn Advent!
Da leucht' der erste Kerzenglanz
in d' Zeit, de »staad« ma nennt.

Mit »staad« is freile ned weit her,
a jeder hetzt und lafft.
»Wo kriagn ma de Geschenker her?«
Was werd ois zammakafft!

Vier Wochan san's no bis zum Fest,
des uns an Friedn schenkt.
»San mia wo eiglodn? Kriagn ma Gäst'?
Ham mia an alles denkt?«

Boid brennan d' Kerzn drobn am Baam.
Weihnacht is nimmer weit.
I woit, sie waar ned grod a Draam,
de scheene, staade Zeit!

’s Christkindl im Zündholzschachterl

Karl Riederer strich sich mit der Hand über die Augen. Er hatte Kopfschmerzen, und er war müde.

Ein Blick auf die Uhr. »Jessas na, es is ja scho achte durch!« dachte er und merkte jetzt erst, daß er ganz alleine im Büro saß. Seine Kollegen waren sicher pünktlich um 17 Uhr gegangen. Nur er hatte so lange über der Abrechnung gesessen und war doch auf keine Lösung gekommen.

In drei Wochen war Weihnachten, und die Firma stand so schlecht da wie noch nie. Wie sollte er die Arbeiter bezahlen, geschweige, ihnen ein Weihnachtsgeld drauflegen?

Gewiß, es war nicht sein Betrieb, die Schreinerei Gasteiger. Und er war auch nicht schuld, daß die Schuldner nicht bezahlten und die Gläubiger nicht mehr warten wollten. Aber wenigstens die Leute sollten ihre Weihnachtsfreude haben! Sieben Angestellte waren es, Schreinergesellen, Lehrbuben, zwei Mann im Büro und ein Mädchen. Sie hatten alle keine Ahnung. Nach außen war der Betrieb in Ordnung. Es gab genug Aufträge, ausreichend Arbeit. Aber da war der junge Chef, der sich um nichts kümmerte als ums Geldausgeben. Ein teurer Wagen, teure Hobbies, teure Freundinnen, teure Feste. Und die, die bei ihm die größten Schulden hatten, waren immer miteingeladen, machten sich zu Freunden, die man nicht mahnen konnte . . . Außerdem, es mußte doch genug da sein, bei der Auftragslage! Aber immer nur in die Kasse zu greifen, zu nehmen, was für die Bezahlung ausstehender Rechnungen vorgesehen war, das konnte auf die Dauer nicht gutgehen.

»Sie machen das schon, Riederer. Mein Vater hat immer große Stücke auf Sie gehalten.«

Der Vater, Gasteiger senior, war auch ein anderer Mensch gewesen. Er hatte die Firma durch eigener Hände Arbeit aufgebaut, er wußte, wo gespart werden mußte und wo verschwendet werden durfte. Der Junior verschwendete nur noch, kümmerte sich nur um seine Vergnügungen und um sonst nichts. Er war der Einzige gewesen, hatte immer von allem das Beste bekommen, schließlich auch die Firma, und hatte nie gelernt, Verantwortung zu tragen. Dafür war der Riederer da, der Buchhalter, die Seele vom Betrieb.

Riederer klappte das Hauptbuch zu. Heute kam er ja doch nicht mehr weiter, und er mußte nach Hause. Wie oft hatte seine Frau Hanna wohl das Essen schon aufgewärmt, in der Hoffnung, er würde gleich kommen? Und die Kleine, das Hannele, würde doch auch warten!

Er griff sich an die Brust. Da saß so ein dumpfer Schmerz, der ihn nicht richtig durchatmen ließ. Heute war er den ganzen Vormittag mit dem Rad unterwegs gewesen, um Schulden einzutreiben. Vielleicht war der Nebel, die feuchtkalte Luft schuld daran? Er hatte sich erkältet. Sicher war es das. Hanna sollte ihm einen Brustwickel machen, wenn er ins Bett ging. Aber er wußte, er würde doch nicht schlafen können, die Zahlenkolonnen aus seinen Büchern würden ihn bis in die Träume verfolgen.

Er schob das Rad vor sich her. Er war einfach zu müde, um zu fahren, und das Atmen fiel ihm schon beim Gehen schwer. Dabei hatte es aufgeklart und fing ganz leise und fein zu schneien an. Hannele würde sich freuen, und erst recht, wenn sie unterm Christbaum die Ski fand, die sie sich schon lange gewünscht hatte. Er mußte sie noch besorgen. Seine Frau würde zwar sagen: »Du verwöhnst das Deandl zu sehr«, aber dazu doch fein lächeln.

Seine Kleine! Spät war's gekommen, das Deandl, er war schon vierzig gewesen und seine Hanna sechsunddreißig. Und eigentlich hätt's ja gar nicht mehr sein sollen, aber wenn einem der liebe Herrgott was schenken will ...

Riederer mußte stehen bleiben und tief durchatmen. Dabei durchfuhr ihn ein messerscharfer Schmerz, der ihm den kalten Schweiß auf die Stirn trieb. Was war mit ihm los? Er mußte nach Hause und gleich ins Bett. Er konnte es sich nicht leisten, krank zu sein!

Er war totenblaß, als er in die Wohnküche trat, daß seine Frau zusammenzuckte und die Vorwürfe »Wo bleibst denn so lang? Das Essen ist schon ganz zammbrutzelt!« verschluckte, als sie ihn sah.
»Um Gottes willen, Karl, was is denn mit dir los!«
»Ah, nix Bsonders« winkte er ab und hielt sich an der Kante des Küchenkastens fest. »Müd bin ich, verkältet werd ich mich haben, schlag 's Bett auf, damit ich gleich reingehen kann. Zum Essen brauch ich heut nix mehr.«
»Aber du mußt doch was essen!«
Er schüttelte nur den Kopf.
's Hannele kam aus seiner Kammer gesprungen. »Papi, Papi, endlich bist da. Schau, was mir heut in der Schul' gebastelt ham!« Sie hielt ihm auf der flachen Hand ein winzig kleines Kripperl entgegen. Es war aus einer Zündholzschachtel gemacht, die Umhüllung sorgfältig aufgeschnitten und schräg gestellt, so daß sie ein Dach bildete. Das war mit unregelmäßig zugeschnittenen Trinkstrohhalmen gedeckt, und da, wo sonst die Zündhölzer ihren Platz fanden, lag auf Ostergras ein kaum daumengliedgroßes Christkindl aus Wachs, mit einem Strahlenkranz aus Goldpapier umgeben. Das Gold flimmerte in Karl Riederers Augen, daß ihm ganz schwindlig wurde. Und plötzlich war der Schmerz wieder da, der messerscharfe Schmerz! Dann wurde ihm schwarz vor Augen, und er sank mit einem leisen Stöhnen auf die Tischplatte. Erschrocken warf seine Frau den Kochlöffel weg, mit dem sie gerade die Gelben Rüben umgerührt hatte. Das Kind starrte mit großen, angstgeweiteten Augen auf die Szene, das Zündholzschachterlkripperl noch immer in der ausgestreckten Hand.
»Zieh deinen Mantel an, Hannele. Lauf, hol den Doktor Habersetzer. Sag, er möcht gleich kommen. Es is was mit dem Vater. Beeil dich!«
Das Kind war schon aus der Tür, riß in der Diele seinen Mantel vom Haken und lief auf die Straße. Die war inzwischen völlig eingeschneit, mindestens zehn Zentimeter hoch lag der feine, pulvrige Schnee. Hannele hatte vergessen, feste Schuhe anzuzie-

hen, nun rutschte es auf den glatten Hausschuhsohlen dahin und die Kälte und die Nässe drangen ungehindert herein. Es merkte nichts davon.
Der Vater war krank! So schlimm sogar, daß er vielleicht sterben mußte!
Bei dem Gedanken stockte das Kind, drückte das kleine Kripperl, das es in seine Manteltasche gesteckt hatte, zusammen.
»Liebes Christlkindl, laß meinen Papi nicht sterben! Ich wünsch mir auch nie wieder was zu Weihnachten!«
Hannele hastete weiter. Doktor Habersetzer wohnte auf der Bergstraße, und es war ein weiter Weg dorthin. Sie hätte ihn anrufen können, dort leuchtete das Licht in einem gelben Telefonhäuschen, aber niemand hatte daran gedacht, ihr Geld zum Telefonieren mitzugeben. Sie mußte schon selber gehen. Die Leute, die vorbeikamen, hatten es so eilig. Und sie wollte auch niemanden anbetteln.
Dort oben war schon das Doktorhaus. Aus den Fenstern winkte der warme Schein der Lampen. Nur noch ein paar Schritte. Wie steil der Berg war! Hannele rutschte, stolperte, fiel, rappelte sich wieder auf. Sie war durchnäßt und erschöpft, als sie ankam, keuchend auf den Klingelknopf drückte. Sie fiel mehr in die Diele, als sie ging, wurde von der freundlichen Schwester Elis aufgefangen.
»Um Himmels willen, Kind, wer schickt dich bei diesem Wetter?«

»Der Vater ist krank. Es ist sehr schlimm.« Tränen rannen ihr über die rotüberhauchten Backen. »Der Herr Doktor muß kommen, gleich, sonst muß mein Papi vielleicht sterben!«
»Wie heißt du und wo wohnst du?«
Sie keuchte ihren Namen und ihre Adresse. Um ihre schneeüberkrusteten Hausschuhe bildete sich eine Pfütze. Sie spürte ihre Füße nicht mehr, als wären sie gefroren.
»Setz dich, Hannele.« Schwester Elis schob ihr einen Stuhl unter und verschwand im Sprechzimmer.
Kaum eine Minute später war der Doktor in der Diele, zog, schon im Gehen, seinen Mantel über, hob das erschöpfte Kind einfach hoch und trug es zu seinem Auto hinaus. Die Fahrt bekam Hannele kaum mit. Erst als sie zu Hause der Doktor der Mutter in die Arme legte und mit seiner tiefen Stimme brummte: »Sofort ins Bett mit ihr«, wachte sie kurz auf, wehrte sich auch dagegen, in ihre Kammer gebracht zu werden. »Was ist mit Papi? Wie geht es Papi?«
»Doktor Habersetzer ist jetzt da. Du mußt im Bett bleiben, sonst wirst du mir auch noch krank.«
Sie wehrte sich nicht mehr, aber sie lauschte angespannt. Verstand nur Wortfetzen, Doktor Habersetzers tiefe Stimme, die ängstliche Antwort der Mutter. Eilige Schritte, das Klappen der Eingangstür, später wieder ein Klingeln der Hausglocke. Doktor Habersetzer kam zurück. »Ich habe den Krankenwagen bestellt. Hoffentlich kommt er durch bei diesem Schneetreiben.«
Hannele hielt es nicht länger im Bett. Ihr war wieder warm, eigentlich viel zu warm. Sie schlüpfte zur Tür, öffnete sie einen Spalt breit. Ihr Papi lag in seinem Bett, hatte die Augen geschlossen. Doktor Habersetzer saß neben ihm und drückte ihm gerade eine Spritze in die Vene. Die Mutter ging im Zimmer auf und ab und packte verschiedene Sachen in den kleinen blauen Koffer.
Ihr Vater mußte ins Krankenhaus, so viel war Hannele klar. Sie wollte ihm etwas mitgeben, damit er nicht so alleine war. Aber was? Was hatte sie schon?
Dann fiel ihr etwas ein, und sie schlich hinaus in die Diele, griff in ihre Manteltasche. Das Kripperl war schon arg zerdrückt und

ramponiert, aber das Wachschristkindl lachte so lieb. Vielleicht würde es dem Papi helfen?
Und sie ging ins Schlafzimmer zum geöffneten Koffer, versteckte das Christkindl im Zündholzschachterl zwischen der Wäsche, die ihr Vater mitnehmen sollte. Niemand hatte etwas gemerkt, denn im gleichen Moment war draußen der Krankenwagen vorgefahren, und die Mutter und Doktor Habersetzer waren hinausgegangen, um die Sanitäter hereinzuführen.
Der Vater lag ganz ruhig, und sie sah, daß er noch atmete. Vorsichtig hauchte sie ihm einen Kuß auf die wachsbleiche Stirn, auf der Schweißtropfen standen. Sie merkte, daß die Hand ihres Vaters nach ihr suchte, und schob ihre kleine Hand in die seine. »Meine Kleine«, flüsterte er mühsam. Sie hörte Schritte draußen und huschte schnell wieder in ihr Zimmer.
Der Vater, der einen Herzinfarkt erlitten hatte, konnte gerettet werden. Und Schwester Praxedis, die im Krankenhaus seinen Koffer ausgepackt und das Zündholzschachterlkripperl gefunden hatte, behauptete, er hätte das nur dem Glauben seines Kindes zu verdanken.
So klein ist das Christkindl, daß es in einem Zündholzschachterl Platz hat, und so groß, daß es alle retten kann, die an seine Macht glauben.

Vom Schenkn

I

I brauch ja gor koa Kostbarkeit,
nix Bsonders wui i gschenkt.
Mia glangat scho a Kloanigkeit,
wenn jemand an mi denkt.

I brauch koan Ring mit'm groß̈n Stoa,
koa Riesenpralinee.
A Gab aus Liab, waar s' no so kloa,
de waar ma recht, waar schee.

I brauch vom Himme gwieß koan Stern,
koan Jaguar, koan Nerz.
Grod daß d' ma sogst: I hab di gern.
Kimm, schenk ma doch dei Herz!

Dees kost di doch koan Pfenning Geld.
Wia konn ma grod so sei?
Dees waar ma 's Liabste auf da Welt,
wennst sogst: »I gher ganz dei«.

II

Du konnst ma gor nix Bessas schenga
ois scheene Stundn, scheene Dog,
an de i ollawei mecht denga,
an de i mi erinnern mog.

D' Spuidosn

Er hod ma s' gschenkt,
i woaß gor nimma wann:
d' Spuidosn mit de Engerl,
de se drahn.

As Werkl hod paar Zähn' valorn
und is längst hi.
Dabei hod s' Löcher kriagt,
de Melodie.

De Engerl aber
drahn se oiwei no,
ois gangat sie de hupfat Musi
gor nix o.

Dees is des, was vielleicht
bloß d' Engerl könna:
wenn ebbas ned ganz paßt –
fia passat nehma!

Schneezauber

Heit hod's a Schneewal gschniebn auf d' Nacht,
des glanzt in deine Haar,
ois ob's de scheenste Suiberpracht
voi Diamantn waar.

Dei Gsicht is rosa überhaucht,
es leichtn deine Augn.
Vom Wind, der um de Eckn faucht?
I kannt grood oiwei schaugn!

Du sogst, i mach di ganz valegn.
So gfoin hast ma no nia.
So schee hab i no nia di gseng! –
Vielleicht liegt's aa an mir?

Dezember

Kimm, Lina, setz an Glühwein auf,
weil's mi a wengl friat.
Mia ham Dezember. Trink ma drauf!
Wia schee da Ofa gliaht.

Jetz ruck ma wieda mehra zam.
Es flackert 's Kerznliacht.
Wia guad, daß mia ananda ham.
Wia da Dezember riacht!

Es ziagt a Platzlgruch durchs Haus.
Leg Äpfe nei ins Rohr!
Und wenn's aa wedat, schneibt da drauß,
's kimmt im Dezember vor!

I mog de staade Hoamlichkeit
in da Dezembernacht.
Da Himme is so liacht und weit
und volla Sternapracht.

An Wunder mecht i wieda glaa'm,
unschuidig wia a Kind:
daß d' Welt doch untam Liachtabaam
endle ihrn Friedn findt!

Koide Zeit

As Mondliacht is heit glitzernd koid,
ois waar's aus schierem Eis.
Ganz starr vom Rauhreif steht da Woid.
Jeds Astl schimmert weiß.

Es glanzn d' Stern, schaugn aus wia gfrorn.
Kaam Laut, a Zweigl kracht.
Da is der Heiland uns geborn
in heller Zaubernacht.

As Mondliacht leucht am schmala Weg,
und kniatiaf liegt da Schnee.
Da Frost hockt unterm Brettersteg
und knirscht beim Drübergeh.

A Stern, der hod an Stall dawarmt.
Ganz staad hoit se da Wind.
Grod d' Hirterleit ham se dabarmt
und eiln zum Himmeskind.

Vielleicht war dees a Nacht wia heit,
vom Rauhreif glosern, zart? –
Doch wer dabarmt se unsrer Zeit?
Sie is so koid und hart.

Werd unser »Stern von Bethlehem«
moi aus Plutonium sei?
Duad dann erst d' Welt an Friedn gebn,
wenn's mit ihr is vorbei?

Angelika, ein Engel mit kleinen Fehlern

Im Kaufhaus Kern am Marktplatz herrscht Hochbetrieb. Das Weihnachtsgeschäft läuft auf vollen Touren. Die Verkäuferinnen haben alle Hände voll zu tun. An den Kassen bilden sich Schlangen ungeduldiger, eiliger Kunden. Kaum einer achtet auf die vielfarbig schimmernde Weihnachstdekoration. Die Klänge der Weihnachtslieder vom Tonband gehen unter im Gesumme der Stimmen und im Geklingel der Ladenkassen.
Ziemlich unbeobachtet steht Angelika am Tisch mit den Seidenschals. Sie ist auf dem Heimweg von der Schule, aber zu Hause wartet niemand auf sie, darum geht sie fast jeden Mittag durchs Kaufhaus, und es wird ihr nie langweilig, all die schönen Dinge zu betrachten. Außerdem wird es langsam Zeit, sich über die Weihnachtsgeschenke für die Eltern und Bruder Tom Gedanken zu machen. Papa bekommt Pfeifentabak, den kann er immer brauchen. Tom soll eine Schallplatte bekommen. Aber was Mama?
Angelika hält einen braun-beige gemusterten Schal in den Händen. Der würde genau zu dem beigen Kleid passen, das so schick ist, daß es Angelika ihrer Mutter am liebsten abschwatzen möchte. Der Schal wäre das richtige Geschenk! Sie sieht auf das Preisschildchen, und für einen Moment stockt ihr der Atem. Fünfundvierzig Mark! Für ein Halstuch! Es ist zwar aus reiner Seide, aber der Preis übersteigt Angelikas Barschaft bei weitem. Schade, dabei wäre das wirklich einmal ein besonderes Geschenk gewesen und nicht die üblichen Pralinen, von denen Mama dann doch nur höchstens zwei ißt und die übrigen an die Familie verteilt.
Angelika hat den Schal schon zurückgelegt und will gehen. Dann holt sie ihn doch noch einmal unter dem Stapel hervor, läßt die kühle Seide durch die Finger gleiten. Sie sieht sich um. Keine Verkäuferin in der Nähe, der Tisch steht abseits, der Bedarf an den luftigen Flatterdingern ist zur Zeit gering. In der

Hektik achtet niemand auf das junge Mädchen, und ehe Angelika noch recht weiß, was sie tut, hat sie den Schal schon unter den Strickbund ihres Blousons geschoben. Für einen Moment steigt ihr eine Hitzewelle ins Gesicht, sie atmet tief durch, packt ihre Tasche, die sie zwischen den Füßen abgestellt hatte, und schlendert betont langsam dem Ausgang zu.
Beinahe hat sie die Tür erreicht, da wird sie am Arm gepackt. »Jetzt ist alles aus«, denkt sie und schließt sekundenlang die Augen. »Der Hausdetektiv hat mich erwischt!«
Eine sympathische, dunkle Stimme sagt: »Komm doch bitte mal mit!« Als sie die Augen öffnet, sieht sie geradewegs in eine rotbackige, weißbärtige Nikolausmaske.
Mit sanftem Druck wird sie zum Aufzug dirigiert. Die Türen schließen sich lautlos. Der Nikolaus drückt auf den Knopf für das oberste Stockwerk. Ein paar Kunden steigen im ersten Stock aus, in der zweiten Etage wird die Kabine leer. Der Nikolaus zieht einen Schlüssel aus der Tasche und hält den Lift zwischen den Stockwerken an. Er schiebt seine Maske hoch, und darunter kommt ein junges Männergesicht zum Vorschein. »Ein Student, der hier sein Taschengeld aufbessert«, denkt Angelika. »Vielleicht kann ich von ihm am ehesten Verständnis erwarten?« Sie zieht den Reißverschluß ihrer Jacke auf und reicht ihm das Tuch. »Bitte, ich wollte es nicht nehmen. Ich hab' so etwas noch nie

getan. Holen Sie nicht die Polizei, bitte!« Ihre Stimme ist belegt und zittert ein bißchen.
Er nimmt ihr den Schal ab und sieht ihr in die Augen. Merkwürdig, dabei wird ihr so warm, daß sie ihre Strickmütze abnimmt und die wuscheligen blonden Haare zurechtschüttelt. Der Lift hängt immer noch zwischen zwei Etagen, und die beiden sehen sich immer noch an. Angelika merkt, daß sie vor dem Nikolaus keine Angst zu haben braucht, und trotzdem hat sie Herzklopfen.
»Warum hast du den Schal eingesteckt?« fragte er endlich und gibt sich selbst die Antwort: »Du hast kein Geld dafür?« Sie nickt: »Er ist so schön. Meine Mutter hätte sich gefreut.«
»So, glaubst du? Hättest du je ein gutes Gewissen gehabt, wann immer sie ihn getragen hätte?«
Angelika schüttelt den Kopf. »Ich weiß nicht, was mir da eingefallen ist«.
»Möchtest du das Geld für deine Weihnachtsgeschenke nicht lieber selber verdienen?«
»Ja, schon, aber wie? Ich gehe doch noch zur Schule.«
»Wie alt bist du, sechzehn?«
»Siebzehn!«
»Du könntest hier im Kaufhaus aushelfen, nachmittags. Es wird nicht schlecht bezahlt.«
»Aber meine Hausaufgaben, wann soll ich die dann machen? Wann soll ich meine Vokabeln lernen, und in Mathe hänge ich ganz schön.«
»Ich könnte dir helfen.«
»Du?« Sie verbessert sich gleich: »Sie?«
»Bleib ruhig beim Du, oder hast du jemals gehört, daß man den Nikolaus siezt? Nenn mich Klaus. Wirklich, ich könnte dir helfen. Du kommst nach der Schule her und hilfst, wo grad Not am Mann ist. Vorher gibst du mir deine Tasche, und ich sehe mir an, was du zu lernen hast. Zwischendurch treffen wir uns in der Kantine für die schriftlichen Arbeiten, und die Vokabeln frage ich dich immer im Vorbeigehen ab. Was hältst du von dem Vorschlag?«

»Prima! Aber die Geschäftsleitung wird nicht einverstanden sein. Wir sollen doch im Interesse der Firma hier arbeiten und nicht für uns privat.«
»Da mach dir keine Sorgen! Ich steh ganz gut mit dem Chef. Den Schal lege ich dir zurück, und du gehst ins Personalbüro und läßt dich als Aushilfe einstellen. Sag, der Nikolaus schickt dich.«
»Und du zeigst mich nicht an?«
»Nein, ich hab' ja eine neue Mitarbeiterin geworben. Wie heißt du eigentlich? Ach, ich will das gar nicht wissen, ich nenne dich Engelchen. Ein Engel mit kleinen Fehlern. Also, bis morgen!«
Die drei Wochen bis Weihnachten waren anstrengend gewesen. Nie hätte Angelika gedacht, daß Geldverdienen so in die Beine gehen würde. Jeden Nachmittag war sie auf Trab gewesen, hatte hier einen zerwühlten Verkaufstisch wieder in Ordnung gebracht, dort leergekaufte Regale nachgefüllt. Die Kaffeepausen mit Klaus, in denen sie sich gemeinsam über die Schulbücher beugten, waren oft die einzigen Verschnaufmöglichkeiten im Trubel des Weihnachtsgeschäftes gewesen.

Am letzten Abend vor dem Fest war Angelika richtig stolz. Sie hatte für Mama den Schal gekauft. Tom bekam eine Schallplatte und Papa den Tabak in einem schicken Lederbeutel. Alles vom selbstverdienten Geld! Und übrig blieb auch noch etwas.
Schade nur, daß jetzt auch der Abschied von Klaus, dem Nikolaus kam! Er hatte sie noch zur Bushaltestelle begleitet, und die beiden standen ein wenig abseits, dort, wo das Licht der Laterne nicht mehr hinschien.
Er zog ein kleines Päckchen aus der Tasche seines Ledermantels. »Da, Engelchen. Fröhliche Weihnachten!« Dann nahm er ihr Gesicht zwischen beide Hände und küßte sie, lange und zärtlich. Schneeflocken umtanzten die beiden, glitzerten in ihren Haaren und auf ihren Wimpern.
»Klaus«, flüsterte sie, als er sie losließ. »Ich weiß nicht einmal, wie du richtig heißt. Wo kann ich dich wiedersehen?«
»Dein Bus kommt, lauf!« Er drückte ihr noch einmal kurz ihre Hand und ging dann mit langen Schritten in die andere Richtung davon, drehte sich nicht mehr um.
Einige Augenblicke stand sie unschlüssig da. Sollte sie ihm nachlaufen? Dann wurde sie in das Fahrzeug gedrängt. Willenlos ließ sie sich schieben. Eingekeilt zwischen den Leuten hielt sie noch immer sein Schächtelchen in der Hand. Langsam zog sie das Seidenpapier herunter. Auf blauem Samt lag ein winziges Fläschchen französischen Parfüms. Ein teures Geschenk, aber sie konnte sich nicht darüber freuen. Sie würde ihn nie wiedersehen, die Nikolaustage waren vorbei.
Durch einen Tränenschleier nahm sie wahr, daß die Buchhalterin vom Kaufhaus Kern in ihrer unmittelbaren Nähe stand und sie mit hochgezogenen Augenbrauen musterte. Wenn jemand Klaus' Adresse kannte, dann sie. Angelika gab sich einen Ruck: »Fräulein Sperling, Herr Klaus hat aus Versehen mein Algebraheft eingesteckt. Wissen Sie, wo er wohnt, damit ich es mir abholen kann?«
»Kommen Sie nach den Feiertagen wieder ins Kaufhaus, da treffen Sie ihn. Er ist der Juniorchef!« antwortete Fräulein Sperling. »Haben Sie das nicht gewußt?«

Am 1. Advent

Heit zünd ma 's erste Kerzerl o.
Schaug doch, wia liacht daß' brennt!
Ruck her und gfrei di wengl dro.
Es is da erst Advent.

Jetz wern de Stubn kerznwarm,
wenn Liacht um Liacht aufbrennt.
Sog selm, der is im Herzn arm,
der koa Erwartung kennt.

Wartn, daß wahr werd, was' vazählt,
was in da Bibl steht:
daß aa de Großn von da Welt
endle a Liacht aufgeht!

Nikolaus

I bin zwar heuer recht spät dro,
deads ma's ned üblnehma.
I bin scho a gestreßter Mo,
vor Arwad ganz dakemma.
So wandert i von Haus zu Haus,
wirf meine Packl eina
mi'm scheena Gruaß vom Nikolaus.
O mei, muaß i mi schleina!
Ma mecht's ned glaabn, wiavui Leit
vo mir se was erwartn
in unsrer aufgeklärten Zeit,
der niachtan und der hartn.
Obwoi's mi eigendle ned gibt,
wia d' großn Kinda moana,
san meine Gaben doch beliebt,
und ned grod bei de Kloana!
No ja, na soits hoit aa was kriagn,
i wui da ned so sei.
Deads eire Packl außaziagn,
da Nama steht dabei.

Mei Arwad hab i do fia heit
und dua mi wieda drucka.
I muaß im Fruahjahr, um de Zeit,
ois Osterhas' ausrucka.
Denn d' Hasn mit de langa Ohrn,
mei Liaba, dee san wief!
San Mäntl oder Jackn worn,
zum besseren Tarif.

Und i? I steh da ganz alloa,
fia mi gibt's koa Gewerkschaft.
I muaß mi jeds Jahr owedoa
und wer aa jeds Jahr mehr gschafft!
Mi hoit mei Aufgab fest in Trab.
Bleib trotzdem Nikolo.
Na ziagt ma mir mein Pelz net ab,
und drüber bin i froh.
I woaß, i red scho wieda zvui,
i bin ja scho im Geh.
Was i zum End no sagn wui:
Machts euch den Dog heit schee!

Nikolaus mal neun

Die Ruderkameraden vom Giganten-Achter, jeder ein gstandenes Mannsbild mit durchschnittlich hundert Kilo Lebendgewicht, trafen sich in ihrer Stammwirtschaft »Zum durstigen Krokodil«. Der neunte, der Steuermann, fehlte.
»Übermorgen is Nikolaustag«, sagte der Einser und drehte sein Glasl mit Mineralwasser unschlüssig zwischen den Fingern. Er war mal wieder beim Abnehmen.
»Na und?« fragte der Dreier und sah sich nach der Kellnerin um. Wo blieb sein Schweinsbraten?
»Übermorgen is Nikolaustag« sagte der Einser noch einmal. »Und wennst a wengl nachdenkst, nachad kimmst drauf, daß dann aa unser Steuermann Namenstag hat, der Klaus.«
»Freilich hat er Namenstag« gab der Siebener zu, »aber den hat doch jeder von uns irgendwann mal im Jahr, der Martin, der Peter, der Sepp, der Walter, der Herbert, der Max, der Otto ... «
»Ja, und du«, fiel ihm der Fünfer ins Wort.
»Freile, i aa.«
»Und wia hoaßt du?«
»I? Dees woaßt doch, Nico!«
»Oiso no oana.«
»Was hoaßt da: no oana?«
»No a Nikolaus.«
»Oiso a Doppelnamenstag!«
»A Doppelnamenstag«, stimmten die anderen wie im Chor zu. »Und außerdem a bsonderer Tag. Oder is oana von eich dabei, der se no nia im Leben vorm Nikolaus gfürcht hat?«
Da fingen alle an, durcheinander zu reden und zu erzählen und ihre Kindheitserlebnisse hervorzukramen.
»Halt auf«, rief der Einser dazwischen und klopfte an sein Wasserglasl. »I hab des ned gsagt, damits ihr an eure Lausbubenzeit erinnert werds!«
»Aber pfundig war's doch, wia i an Nikolaus amoi ... «

»Staat bist, Vierer, jetzt red i.«
»Ja, na laß nur grood außa, wasd da ausdenkt hast, du Schlitzohr, denn daßd was hint hast, dees ham mir scho lang gmerkt.«
»Zwoa Namenstage auf oan Schlag und an Kinderfesttag dazua, dees is doch a Grund zum Feiern. Und wia kanntn mia Ruderer besser feiern als mit einer pfundigen Flußfahrt!«
»Geh, jetzt im Winter! Dees werd ja saukalt, und die Ilz is halb zuagfrorn. Dees is fei scho a Schnapsidee, des da hast bei deim hupfatn Wasser!«
»Dees is überhaupts koa Schnapsidee. Laßts mi doch endle ausreden! Freile is koid, und umschmeißen derfen mia auf koan Fall, sonst können mia uns glei im Kühlhaus eilagern lassen. Aber mia können uns ja warm oziang, zum Beispui ois Nikolaus oder -läuse, oder was woaß i, wia de Mehrzal hoaßt.«
»Ja und, was bringt dees dann, neun Nikoläuser im Ruderboot, an Inn entlang und in d' Donau nei?«
»A Gaudi, as Gschau, und an guadn Zweck können mia damit aa no verbinden.«
»Was für an guaden Zweck?«
»Mensch Meier, Walter, hast jetzt du dein' Verstand im Versatzamt abgeben?«
»Warum? I versteh das wirkle ned? Wem soit so a Nikolausfahrt mit dem Giganten-Achter helfen?«
»Zum Beispui der Butzelwaar im Waisenhaus am Ilzufer!«
»Also, i muaß ehrlich sagen, dees versteh i jetzt aa ned ganz«, warf der Sechser ein.
»Weilst zvui Bier trinkst«, konterte der Einser und sog genüßlich an seinem Mineralwasser.
»Jetzt sperrts amal eure Löffel auf und horchts mir zua. Ihr wißts doch alle, daß in dem Waisenhaus eigentlich kaum Waisenkinder sind, sondern mehr Kinder von Eltern oder Elternteilen, die sich nimmer um ihre Erzeugnisse kümmern oder kümmern können. I find, dees is no vui schlimmer, als wenn koa Vater und koa Mutter mehr da waar. Wennst woaßt, da irgendwo gibt's no an Menschen, der eigentlich zu dir gehört, der dir am nächsten stehn muaß, und der wui na nix von dir wissen ...«

Er nahm einen Schluck aus dem Glas und unterdrückte das Beuteln des Abscheus, das ihn überkam.
»Der Klaus hat Namenstag, und der Nico hat Namenstag, und außerdem is Nikolaustag. Bevor mia da wieder eine Mordssauferei und -fresserei veranstalten, wia dees so üblich war bei diversen Festivitäten, und mia ham's doch wirklich nimmer nötig, schmeißen wir das Geld zusammen und machen den verlassenen Kindern eine Freud'. Is das denn so abwegig gedacht? Und außerdem, wenn der Peter noch die Presse informiert, und es traut sich vielleicht ein Reporter an die Anlegestelle, dann wär's auch noch eine Reklame für unseren Verein. Ein bißl Interesse und Nachwuchsruderer könnten wir schon brauchen.«
»Guad und schee«, warf der Dreier ein, »aber wo wuist die Kluft für neun Nikoläuser herkriegen?«

»Dees Problem is eigentle koans«, gab der Sattlermeister Otto zu. »Die neun Bischofsmützen können wir selber machen. Pappmaché mit rotem Flockenfilz überzogen, den kriagst in jeder Papierwarenhandlung und a goldenes Kreuz drauf aus Goldpapier, dees konn aa a jeder selber machen. Für die weißen Bärt' sorg i. Zum Unterpolstern hab i an Haufen so Wattezeugs über. Da kriagt jeder an scheena Bart verpaßt.«
»Aber Bart und Bischofsmützen machen no koan Nikolaus komplett«, gab der Martin zu bedenken.
»Was fehlt denn no?« fragte Herbert. »Der rote Bischofsmantel! Na und? Ham mia ned alle gleiche rote Bademäntel, zwar mit

dem Passauer Löwen am Rücken, aber warum soll ein Passauer Nikolaus ned aa an Löwen auf seim Mantel haben?«
»'s Gwand wär also perfekt« stellte der Sepp fest. »Und die Gschenker?«
»Äpfel, Mandarinen, Nüss', Feigen, Guatl und Platzl, dees kaufen mir alles für dees Geld, des mia sonst für uns selber ausgeben hätten. Wenn a jeder ehrlich stiftet, was er verkonsumiert hätt', dann können mir schon einen oder zwei Säcke voll Süßigkeiten einkaufen!«
»Mia hörn di scho geh«, feixte der Herbert, »damitst du dei Abmagerungskur einhalten kannst, sollen auch wir fasten und unser Festessen den Kindern stiften, aber recht hast, wir ham's ja wirklich nimmer nötig.« Und er ließ seine Rudererkappe herumgehen, und jeder tat nach bestem Wissen und Gewissen hinein, was er eventuell an dem Festgelage ausgegeben hätte.
»Und was is mit unserm Steuermann? Dem zu Ehren soll das doch steigen, und er woaß nix davo und er hat nix davo.«
»Wer woaß«, ergriff der Einser wieder das Wort, »i hab da so meine Hintergedanken. Ihr wißts doch, daß i mit dem Klaus a bisserl spezieller bin, und i kenn seine Familienverhältnisse und was da so alles läuft, beziehungsweise nicht läuft, in Bezug auf Kinder und so . . . «
»Und da möchst jetzt gern a wengl Weihnachtsengel spielen?«
»Engel ned grad, oder kannst du dir einen Engel so gwampert vorstellen? Nikolaus, nichts weiter als Nikolaus, mit euch alle mitnand.«
In den nächsten Tagen bastelten die neun, denn Klaus, der Steuermann, war inzwischen auch informiert worden, an ihrer Nikolausverkleidung, und am sechsten Dezember, kurz vor der Dämmerung, legten die Giganten am Ilzufer in der Nähe des Waisenhauses an.
Schwester Renate, die Leiterin des Kinderheims, war eingeweiht, die Presse war benachrichtigt, ein paar Neugierige waren versammelt, und natürlich die Kinder, mit roten Nasen und roten Backen, ersteres vom Frost, letzteres von der Aufregung, standen an der Anlegestelle. Neun Nikoläuse, die per Ruderboot kamen, waren ja schließlich nichts Alltägliches.

Der Einser hatte die beiden Säcke mit den Äpfeln, Nüssen und Süßigkeiten auf die Kaimauer gestellt und fing mit seiner Rede an: »Liebe Kinder, wir kommen heute schon von weit her. Über Regensburg sind wir die Donau heruntergerudert bis nach Passau, und wir müssen heute noch weiter nach Ungarn, denn überall wollen die Kinder den Nikolaustag feiern.«
Da schoß ein Bürschlein aus der wartenden Kinderschar vor, schnappte sich einen der beiden Säcke und rannte, ihn hinter sich herschleifend, davon.
»Mark!« rief der Steuermann, sprang aus dem Boot, daß dieses gefährlich schwankte und die übrigen acht Nikoläuse nasse und kalte Füße bekamen, und rannte dem kleinen Buben hinterher, umfing ihn oben auf der Hafenmole mit beiden Armen und drückte ihn an sich.
Der Bub wollte sich verstört der Umarmung entwinden. Er flüsterte: »Alle fahren s' immer fort, und mir bleibt gar nichts. Da wollt' ich wenigstens das Nikolaussach für mich haben.«
Langsam löste der Steuermann seine Arme von den Schultern des Buben. Das war ja nicht sein Mark. Den hatte vor einem halben Jahr ein Auto überfahren und getötet. Und doch, diese Ähnlichkeit! Die gleichen blauen Augen, der widerspenstige Haarschüppel in der klaren Bubenstirn, das zögernde Nachgeben, als er sein Unrecht einsah.
»Komm«, sagte Nikolaus Klaus und legte seinen Arm um die schmale Schulter des Buben. »Jetzt teilst du mit den anderen, aber zu Weihnachten kommst zu mir, und dann darfst dir etwas wünschen, das du mit keinem mehr teilen mußt.«
Doch nach einigem Zögern setzte er hinzu: »Erst durchs Teilen, durchs Miteinander und Füreinander wird das Leben lebenswert. Ich wünsch dir, daßd in deinem Leben immer solche Freunde findest, wie ich sie hab! Und wennst willst, dann möcht ich jetzt zuerst einmal dein Freund sein, der alles mit dir teilt.«
Ungläubig sah das Kind zu ihm auf, doch dann schmiegte es sich vertrauensvoll an ihn. Das letzte Leuchten der Dezembersonne spiegelte sich in seinen Augen.

Advent

Wann 's Jahr am End zuageht
mit lange Schritt.
Wenn draußd da Ostwind weht
und Schnee bringt mit,
ham mia a staade Zeit –
es is Advent,
de scheene Hoamligkeit,
wann 's Kerzerl brennt.
Und 's Liacht werd mehr und mehr,
so hell, so klar,
bis daß a Liachtabaam
griaßt 's neie Jahr.
Schliaßts eich vom Weihnachtsglanz
a Funkerl ei,
na werd a dunkle Stund
glei heller sei!

Staade Zeit?

Wo is' denn grod, de »staade Zeit«,
wia ma d' Adventszeit nennt?
Vielleicht war s' friahra da, doch heit
a jeda hetzt und rennt.

Gsteckt voi da Bus und grantig d' Leit,
de einafahrn in d' Stodt.
Wo is' denn bloß, de Gmiatlichkeit,
im Überangebot?

Du schenkst mir was, i kriag was gschenkt –
konn i mi lumpn lassn?
Und weil a jeder grod so denkt,
drum klingeln olle Kassn.

A Christbaam, der muaß aa no her.
Vom Woid, da redt ma ned.
A paar Baam weniger, paar mehr,
wenn er scho flötn geht!

Jetz spend' ma was fia d' Dritte Welt,
hoit ma uns d' Büchsn vor.
Mia ham ja ois, und nix mehr fehlt,
ned moi de Gans im Rohr.

Is' Fest vorbei, na is' so weit,
den Abfoi schmeiß ma furt,
na kriagn ma s' no, de »staade Zeit«:
denn uns is nimma guad.

A billiger Nachmittag

Zweipersonenstück

Zeit der Handlung: Sonntagnachmittag im Advent

Mitwirkende: Schorsch und Traudl

Erster Akt:

Wohnzimmer: Schorsch liegt auf dem Kanapee und liest Zeitung. Traudl hockt im Sessel und löst Kreuzworträtsel.

Schorsch: Was dean ma heit? 's is wieda so a richtig faada Sonndog. Eigladn san ma ned, zu uns kimmt aa neamads. Oiso, i wui de Zeit ned dahoam vahocka!

Traudl: (murmelnd) An Nachtvogl mit drei Buchstabn?

Schorsch: Was wuist?

Traudl: (lauter) An Nachtvogl mit drei Buchstaben!

Schorsch: Ah, dees is wieda a intelligents Rätsl, deesd da hast. Schreib hoit Eule nei.

Traudl: Eule paßt ned, de hod vier Buchstabn.

Schorsch: I moan ja ned Eule, i moan je den Dings, no, wia hoaßta denn, der Vogl, der wia der Papp hoaßt?

Traudl: Pelikan? Naa, geh, dees is doch koa Nachtvogl, und vui z' lang is a aa.

Schorsch: Jetzt sog amoi, bist du so bleed oder duast bloß so? Uhu hoaßt der Papp und der Vogl aa.

Traudl: Ja freile, recht host. Uhu paßt, und na geht ma da Zeitmesser mit U aa aus, dees is a Uhr. Daß i da ned selber draufkemma bin?

Schorsch: Weilst grod Uhr sogst. Es is ja scho hoiwe drei vorbei. Na kimmt gwieß koana mehr zu uns. Ziag di o, mia gengan furt. Na lüftst dei Hirn aa a bißl aus.

Traudl: Es is doch so koid draußd! Wo wuist denn hi?

Schorsch: Gestern ham s' 'n Christkindlmarkt aufgmacht. Schaugn ma 'n uns o, wuist ned?

Traudl: Am Christkindlmarkt mechst mit mia geh? Da bin i glei dabei! Mit dem Rätsl bin i sowieso fertig. Oiso, pack ma's! Aber na muaßt ma scho was kaffa aa. A Kletznbrot, hoaße Maroni, an Glühwein. Gäi, dees ghert fei dazua!

Schorsch: Is scho recht, kriagst, wasd mogst, wenn ma nur aus dera Bude rauskemman. Nix Greisligers ois wia a fada Sonndog.

Traudl: Fahrn ma mit'm Auto oder mit da U-Bahn?

Schorsch: Mit da U-Bahn kost's bloß wieda an Fahrschein. Naa, mia fahrn mi'm Auto bis nach Schwabing. Da findt ma scho an Parkplatz, und den Rest gehn ma z' Fuaß.

Traudl: Z' Fuaß, bei dera Kältn?

Schorsch: Ziag di gscheid o, na friats di ned, und beim Geh werd da na scho warm. Vom Siegestor zur Feldherrnhalle is ned weida wia an Kilometa und an Kilometa werst di doch amoi bewegn kenna!

Traudl: Guad, aber dann brauch i ganz gwieß an Glühwein.

Schorsch: Den kriagst scho. Jetz schaug, daßd fertig werst, daß ma weidakemman!

Zweiter Akt:

Am Christkindlmarkt

Schorsch: Jetzt schaug s' no grood o, de Leit, wia de Bleedn! Ma mecht moana, da kriagat ma was gschenkt. Miassn denn heit olle auf'n Christkindlmarkt geh!

Traudl: Da kimmt ma kaam duache. Gib ma dei Hand, damit i di ned valier.

Schorsch: Am bestn gengan ma außn rum, sonst dadruckan s' uns no.

Traudl: Du, da gibt's hoaße Waffln mit Schlagrahm.

Schorsch: Mogst oane?

Traudl: Hm. Waffln hod meina Freindin ihra Muatta oiwei bacha, und mia san danebn gstandn und ham gwart, bis' ferte warn.

Schorsch: Da kimmt ma ja gor ned hi an den Stand. Wuist di a hoibe Stund ostelln? Dees muaßt doch ned glei ham, mia san ja grod erst rei, und am Vahungern werst na do scho ned sei.

Traudl: Naa, i hab ja nur gmoant.

Schorsch: Schaug hi, da schmiern s' da no d' Schlagsahne auf'n Mantl, vor lauta Drucka. Mia gangst. Gehn ma weida.

Traudl: Zum Oschaugn kemma heit wirkle ned, üwaroi so vui Leit. Dabei häd i so gern nach am Kripperl gschaugt.

Schorsch: Was brauchst denn a Kripperl? Des unsa is doch no schee gnua fia oamoi im Jahr, da wern ma doch ned so vui Geld ausgebn.

Traudl: Ois auf oamoi muaß ma ja ned kaffa. Zerscht amoi de Heilige Familie, und na schee langsam oa Trumm nach'm andan.

Schorsch: No ja, vielleicht späda amoi. Dees unsa duads scho no. Dees is no pfenningguad. Friats di in d' Finger?

Traudl: 's geht. I hob meine warma Handschgal o. Warum?

Schorsch: Da gaabats hoaße Maroni. Mogst oa?

Traudl: Wennst du oa mogst.

Schorsch: Mir is aa ned koid an d' Finger. Was steht da dro? Acht Stück für a Mark fuchzge? Spinnt da Peppi? Fia acht so windige Kastanien wui der a Mark fuchzge!

Traudl: Es san doch Edlkastanien.

Schorsch: So edl kennan de gor ned sei, daß' mir a Mark fuchzge wert waarn!

Traudl: Schaug, da ham s' an Christbaumschmuck aus Stroh. Moanst ned, daß ma heuer unsern Baam amoi ohne Kugln richtn soitn?

Schorsch: Ohne Kugln? Wia kimmst auf dee Idee? Mia ham no jeds Jahr Kugln draufghabt, und dabei bleibt's!

Traudl: Da san aber scho so schäbige dabei.

Schorsch: De san no aus meiner Kinderzeit, de hab i scho am Christbaam ghabt, da hod's di no gor ned gebn. Naa, naa, dee san mei Erinnerung, de kemman ned weg!

Traudl: Aber ma kannt doch wirkle den Baam amoi andast macha.

Schorsch: Kimm, her auf mit de Krampf! De woin doch grod eahna Glump vakaffa, und du foist drauf rei! Dees kennan dee macha, de 's erste Moi an Baam richtn. Mia lassn den unsan wia olle Jahr.

Traudl: Wia dees guad riacht nach de gebranntn Mandln.

Schorsch: Ja, a richtiga Dampf geht weg. I glaab, de san eahna obrennt, weil s' a Wassa darzuaschüttn.

Traudl: A Zuckerwatte hab i scho lang nimmer gessn.

Schorsch: Was wuist mit dem pappatn Zeig? Du bist doch koa Kind mehr.

Traudl: Aber mia kanntn doch unsam Buam a Kletznbrot mitbringa. Dees mog a so gern und i aa.

Schorsch: Oiso, i konn mit dem Glump nix ofanga. Dauernd host d' Kerndl vo de Feign in de Zähn. Und letzts Jahr hab i auf a Nußschoin bissn, aa, dees hod sauber wehdo!

Traudl: Letzts Jahr! Dees muaß doch heuer ned wieda passiern!

Schorsch: Stell di hoid o und hoi da oans.

Traudl: I hab mein Geldbeutl vagessn. Gibst ma den dein'?

Schorsch: I hab bloß a groß Geld, dees wechsln ma zerscht woandast. Da druckan d' Leit aso, am End gebn s' da ned richte raus.

Traudl: Oiso, da paß i scho auf!

Schorsch: Späda. Wenn ma zruckgengan. Jetz schaugn ma uns zerscht no was o.

Traudl: Mi friat's scho ganz schee in d' Klupperl. Du, soichane Handschuah mit dem Pelz drin, de daadn ma fei gfoin. Dee kanntst ma zum Christkindl schenga.

Schorsch: Moanst, daß dees was Gscheids is? Hernach hast dauernd Haar auf de Finger. Naa, vorhin hast erst gsogt, du hättst warme Handschgal o, und jetz waarn s' auf oamoi nimma recht. Du muaßt aa ham, wost siegst!

Traudl: Dees stimmt ja gor ned! Na hätt i scho vui mehra Sach dahoam.

Schorsch: Und? Hast ebba ned gnua? Da Kleiderkastn geht boid nimma zua.

Traudl: So einen Schmarrn konn aa nur a Mannsbuid vazapfn. Jetz kaaf ma an Glühwein, sonst foin ma d' Finger no ab.

Schorsch: Da schaug amoi hi, de machan den Glühwein gor ned selber! Kartonweis' ham s' 'n fertig, aus Südtirol! Dees werd aso a Scheps sei! Billiger Fusl, da vadirbst da an Magn damit. Mia gengan hoam und machma uns selber an Glühwein, aber an gscheidn!

Traudl: Mir is so koid, daß i ma scho wia a Eiszapfn vorkimm.

Schorsch: Woaßt was, mia fahrma die oana Station vom Odeonsplatz zur Universität.

Traudl: Mia ham doch koan Fahrschein, und du hast nur a groß' Geld.

Schorsch: Da brauch ma koa Geld, mia fahrn schwarz. Bei der oana Station werd scho ned glei a Kontrolle kemma. Und wenn, na red i mi scho naus.

Traudl: Dees konnst du macha, i laaf liawa. Vierzg Mark is mir der Spaß ned wert, zu zwoat achtzg Mark, naa! Und beim Liagn wer i rot.

Schorsch: A rote Nasn und rote Backan hast so scho. Aber laaf nur zua, vielleicht werd's da beim Laffa wieda warm. I fahr und hoaz dawei 's Auto o, bist kimmst. Pfiad di!

Dritter Akt:

Beim Auto, er sitzt schon drin und macht ein saures Gsicht.

Traudl: Wartst scho lang? Mei, is da schee warm herin. I gspia meine Finger und meine Fiaß scho nimmer. Was schaugst denn so grantig? Schnella hob i's wirkle ned gschafft.

Schorsch: Des war a deira Nachmittag heit.

Traudl: Da muaß i glei lacha. Deia, wos d' ma überhaupts nix kafft host, obwohlst ma's dahoam vasprocha hast. Aber so bist ollawei, zerscht redn und na nix doa.

Schorsch: Wenn so vui Leit warn . . .

Traudl: Und du grod a groß' Geld dabeighabt hast! Wiavui war's denn üwahaupts? A Fümfhunderter oder a Tausender?

Schorsch: A Fuchzger war 's Kleanste, und der is jetz fast weg.

Traudl: Wega fuchzg Mark machst du aso a Gschiß? Und, wo hastas jetz lassn?

Schorsch: D' Stadt hat's.

Traudl: D' Stadt! Wiaso d' Stadt?

Schorsch: Weil s' mi dawischt ham beim Schwarzfahrn!

Traudl: Sauber. Jetz woaß i wenigstens, wofür daß d' heit nachmittag gspart hast!

Weihnachtsgedanken

I
Vom Himmel hoch, da komm ich her –
mit Napalmbombn, Maschinagwehr.

Stille Nacht, heilige Nacht –
garantiert irgendwo a Gwehrsalvn kracht.

Holder Knabe im lockigen Haar,
auf Dein Friedn da wart ma seit zwoadausad Jahr.

II
Da Weihnachtsstern bliaht,
da Weihnachtskaktus bliaht,
und 's Weihnachtsgschäft bliaht aa.

Christkindlmarkt

*A Christbaam strahlt ins Himmesgrau,
und schneim duad's wia varruckt.
Am Standl drent d' Maronifrau
se dicht ans Oferl druckt.*

*D' Rolltreppn am Marienplatz
speim Leit aus, unentwegt.
Und aus'm Schnee werd grauer Baaz,
der d' Schuah total vadreckt.*

*Doch koana acht' da weida drauf,
wenn d' Neonsterndl glanzn,
wenn steigt a Gruch nach Glühwein auf,
nach Nüss' und Pomeranzn.*

*Nach Bratwürscht und nach Kletznbrot,
nach Waffln und nach Bier.
Kandierte Äpfe leuchtn rot,
und alles lockt: Probier!*

*Dicht zammagruckt stehn s' Wand an Wand,
ois friaratns, de Standl:
Lametta, Englshaar und Gwand,
Kerzn und Zwetschgnmandl.*

*A gloserns Herz fia d' Annemie.
Ma denkt doch an d' Vawandtschaft!
A Buid für'n Opa, da schaug hi,
in Öl a Alpenlandschaft.*

Christkindl gibt's glei hundatfach,
gschnitzt, gossn und lackiert.
Marie und Josef stehn ned nach,
schee ogmoit und poliert.

Und Ochs und Esl, Hirtaleit,
Kamel' und de drei König. –
Und Leit, de kaffan wia ned gscheit,
davo gibt's aa ned z' wenig!

A jeda schiabt und druckt und steßt,
oglangt werd ois und gschaugt:
wo is dees Scheena und dees Best,
dees mir am endan taugt?

Was i am Markt vergeblich suach,
und laaf i no so weit,
dees gibt's grod no im Buidabuch:
Besinnung, staade Zeit!

In da staadn Zeit

Da Abreißkalender hod grod no paar Blaadl.
Muaßt nausgeh auf d' Straß', beißt da Frost di in d' Wadl,
macht rot dir dei Nasn und gstarrig de Händ',
i bleibat da gern in da Stubn, wann i könnt!
Wia hab i's so warm und so gmiatle herinna!
Was stricka, was lesn, Gedankenwoll spinna,
Bratäpfe bacha, a Kerzn ozündn,
auf da Gitarrn a Weihnachtsliad findn.
An Briaf schreibn an wen, dem ma zkriagt is weng gwesn:
»Kimm, sei wieda guad, laß uns olles vagessn!«
An Punsch zammabraun und Strohsterndl macha.
Nüss' knackn, Doag orührn, Lebkuacha bacha.
Beim Fenster nausschaugn, wenn da Schnee draußdn treibt,
um d' Laterna rumtanzt und am Zaun hocka bleibt.
Wenn's auf Weihnachtn zuageht und as Jahr staad varrinnt,
no oamoi as Herz klopfa gspürn wia ois Kind,
voller Erwartung und Zuaversicht sei,
ned hetzn, ned renna, ois vasaama dabei.
Auf se selm wieda bsinna, aufs Staade, auf d' Ruah,
und dees ned bloß ghoitn, geht's auf Weihnachtn zua!
A Stück von seim Kinderglaabn wieda rauskrama,
a Schleiferl rumbindn und se deszweng ned schaama!
Wenn mia oisamt midnanda wia a Kind wieder werdn,
waar's vielleicht vui leichter mit'm Friedn auf Erdn.

O du fröhliche ...

»Aber, Alois, jetz bist no ned ozogn! Mia wolltn doch heit in d' Stadt zum Eikaffa. Geh weida, reiß di von deina Zeitung los, sonst kemma wieder in greßtn Trubl nei!«
Alois Schmidtmeier blickte über den Rand des Nachrichtenblattes auf sein Weib Veronika, genannt Vroni, das schon so quasi gestiefelt und gespornt im Türrahmen stand, einen verdächtigen Glanz von Abenteuerlust in den Augen.
Langsam faltete er die Zeitung zusammen, strich die Seiten glatt, nahm seine Brille ab und legte sie, exakt ausgerichtet, auf die fettgedruckten Zeilen des Leitartikels, zog noch einmal genießerisch an seinem Stumpen und drückte ihn dann mit leisem Bedauern im Aschenbecher aus.
»In Gotts nama nacha, wenn's sei muaß, Vroni.«
»Ja, Vatta, es muaß sei. Du hast mir vasprochn, daß i an neuen Mantl kriag, und den mog i ned alloa aussuacha. I mecht, daß er dir aa gfoit.«
»Und daß i'n zoih, natürle.« Er hatte die bequemen Hausschuhe abgestreift und war in die Schuhe gestiegen. Jetzt bückte er sich, um die Schuhbandl zuzubinden, schnaufte und stöhnte dabei wie ein undichter Dampfkessel und lief rot an.
Die Vroni machte ein etwas beleidigtes Gesicht: »Freile muaßt 'n du zahln? Moanst, i konn mir von meim Haushaltsgeld was dasparn? Außerdem hast ma 'n zum Christkindl vasprochn!«
»Ja, ja, is scho guad. Aber dees oane soog i da, mehra ois wia zwoahundat Markl gib i ned aus! Hamma ned erst vor zwoa Jahr an Mantl fia di kafft?«
»Dees war vor fümf Jahr, wennstas genau wissn wuist, und den konn i heit nimma oziagn. Er is ja scho unmodern, und z' kurz is a aa, meine ganzn Röck gengan mir vor. Außerdem wünsch i mir eh nix andas zum Christkindl.«
»Bloß no des Geld, dest ma für d' Weihnachtsgschenke für d' Vawandtschaft abknöpfst. Dees glangt ma scho.«

»Jetzt sei doch ned so unfreundle! I hab dir's genau vorgrechnet, was i brauch. Gar so knickrig kenna ma ned sei, schließlich kriagn mia aa was gschenkt.«
Alois hatte jetzt auch den Mantel angezogen, die Brieftasche mit einem abgrundtiefen Seufzer in die Brusttasche gesteckt und schob nun seine Vroni durch die Tür.
»Dees is ja der größte Bleedsinn, dees Schenkn. Gibst du mir was, gib i dir was. Anstatt daß si jeder selber dees kafft, wos a mecht. Naa, da miaß ma an d' Tante Wally denga, und da Onkl Erwin derf ned vagessn wern, und na brauch ma was fia d' Fanny und fian Sepp. Wo in da heitign Zeit a jeder scho ois hat! Na werd irgendwas zammakafft.«
»Kimm, mia miassn renna, sonst fahrt uns da Bus vor da Nasn davo!« schnitt ihm die Vroni kurzerhand den Faden ab.
Aber so schnell war Alois Schmidtmeier nicht von seinem Thema abzubringen. Als sie im vollgestopften Bus standen, vergeblich nach einem freien Sitzplatz ausspähend und an die Haltegriffe geklammert, beugte er sich zu seinem Ehegespons nieder:
»Was hamma denn letzts Jahr von da Tante Wally kriagt? Dera foit aa nia was andast ei ois fia di a selbergnahts Nachthemd, deesd nia oziagst, weil's da z' oitmodern is, und fia mi a Kistl Zigarrn, vo da billigstn Sortn. Wia d' Kinda no im Haus warn, hod s' an Schokolad dazuaglegt, der nach Mottnkugln gschmeckt hat. Geh weida, fia soichane Gschenker bedank i mi!«
»Vom Erwin hast 's letzte Jahr a Schnapsservice kriagt«, versuchte sie einzulenken, aber damit kam sie an die richtige Adresse!
»Na und, hab i des braucha kenna? Ham mia ned scho so vui Schnapsglasl, daß ma d' Leit vom Balkon aus damit dawerfa kanntn?«
»I hab s' ja späda am Großvatta zum Geburtstag gschenkt«. Sie versuchte die Lage zu retten.
»Brav«, donnerte er, daß sich ihnen erstaunte und fragende Gesichter zuwandten, Vroni näher zu ihm hinrückte und ihm

ein leises »Pst, ned so laut!« zuwisperte. Aber Alois war nicht mehr aufzuhalten:
»Glaabst du vielleicht, da Großvatter hat de Schnapsglasl braucha kenna? A Mordsfreid werst eahm damit gmacht ham, wo er doch koan Schnaps mehr trinkn derf. Moanst, er trinkt jetz sein Kamillntee draus und buid se ei, es waar a Klosterlikör? Aber vielleicht machtas wia du, hebt dees Gschenk auf, bis er wieder amoi a Gschenk braucht. Am End kriagt da Erwin sei Schnapsservice wieder zruck?«
»Moanst?«, fragte sie kleinlaut.
Er nickte nur, schmerzlich, weil ihm beim Aussteigen jemand auf den linken Fuß gestiegen war, ausgerechnet aufs Hühnerauge. »Kreizdeifesaklzement noamoi!«
Vroni hatte sich bei ihrem Alois eingehängt und zog gleich mit aller Macht nach rechts, auf die einladend geöffnete Tür eines Kaufhauses zu. Lichter, Sterne und künstlicher Schnee glitzerten in den Schaufenstern, die Leute drängelten und schoben. Einmal bekam Alois einen unfreundlichen Rippenstoß, und ein eilig gemurmeltes »Oha« war die einzige Entschuldigung.
Wie von einem Magneten gezogen, wurde Vroni von einem Verkaufsstand angelockt, an dem Angorapullover in allen Regenbogenfarben angeboten wurden.
»Schaug amoi, Loisl, dees waar doch was für unsa Marille. Was moanst, was fia a Farb ihra am besten steh daad?«
Und mit gierigen Händen griff sie in die buntfarbene, flauschige Wolke.
Hilflos stand Alois daneben, die Hände in den Manteltaschen vergraben, angerempelt, herumgestoßen. Als er sich wieder einen Platz neben seinem angetrauten Weib erobert hatte, brüllte er ihr ins Ohr:
»Wast fia dei Tochter bsorgst, dees is mir wurscht! Ausgmacht is, daß mia heit an Mantl kaffan und sonst nix. Ois andere konnst späda alloa oschaugn.«
Sie hielt ein himmelblaues Stück in die Höhe: »Der miassat ihr zu ihre blauen Augn guad steh, aber es is ned de richtige Größ'!«
Und so, als wären ihr die Worte ihres Mannes erst jetzt zum

Bewußtsein gekommen: »Überhaupts, was hoaßt da ‚mei Tochter‘? Es is scho de dei aa und du ois Vatta kanntst di aa a wengl interessiern, was ma ihra schenkn, Wenn's um a Gschenk fian Maxl geht, na steckst dei Nasn doch aa nei!«
»Ja, weilst sonst am Buam am End aa bloß wieda Schapsglasl fia sein junga Ehstand kaffst. Da hättst glei de vom Erwin aufghoitn kenna.«
»Geh, Alois, jetz kimmst scho wieda mit de Schnapsglasl daher. Aber d' Idee is ned schlecht, daß ma was für'n junga Hausstand kaffan. Fia a Kindawagl is' vielleicht no a bissl z' friah . . . «, sinnierte sie.
»Kindawagl«, spuckte er verächtlich zwischen den Zähnen heraus. »Du konnstas woi kaam dawartn, bist Oma werst und auf an plärratn Bambsn aufschaugn derfst, weil d' Eva gwieß weiter arbeiten geht! Naa, de junga Leit wern se scho mehra Zeit lassn ois mia damois. Mia ham ja fast zum Standesamt renna miassn, damit uns d' Hedy ned zuvor kimmt und d' Geburtsurkunde zerscht ausgstellt werd!« In Erinnerung daran schmunzelte er vor sich hin, nahm seiner Frau den Pullover aus der Hand und

warf ihn zurück auf den Wühltisch, dann zog er sie am Arm aus dem Pulk der Grabenden heraus. Die Lücke schloß sich sofort wieder hinter ihnen.
»Und, duad's da leid?« fragte sie schnippisch.
»Naa«, sagte er nur kurz angebunden und schob sie auf die Rolltreppe zu. »Wo kriang ma jetz dein Mantl?«
»Im dritten Stock, glaab i. Aber dees hab i bis heit ned gspannt, daß' da leid duad, daßd mi gnomma hast!«
»Wennst no lang bleed daherredst, na duad's ma no leid.«
»Herrschaft, bist du a oida Grantler! Ma werd doch no fragn derfa?«
»I moan, da san ma jetz richtig«. Er ging nicht auf ihre Frage ein, und sie bohrte auch nicht mehr weiter nach, sondern steuerte zielstrebig in die Mantelabteilung. Hier war das Gedränge nicht gar so arg. Sie drehte am Kleiderständer und blätterte die aufgehängten Modelle durch.
»Was moanst zu dem?« Sie hielt ihm ein Stück entgegen.
»Na, der is zu großkariert.«
»Oder der?«
»Der geht scho eher. Aber de Farb, rosa, dees is doch koa Farb fia an Wintermantl.«
Sie suchte weiter. »Der waar aa ned schlecht.«
»Schlupf hoit amoi nei.«
Sie gab ihm ihren eigenen Mantel zum Halten und zog den neuen an, suchte einen Spiegel und betrachtete sich von allen Seiten. Er sah ihrer Miene an, daß sie nicht ganz zufrieden war, und sagte: »Oiso, was Bsonders is der ned.«
Sie suchte noch eine Weile weiter, probierte noch diesen oder jenen an, aber der »Bsondere« war nicht dabei. So half er ihr wieder in ihren eigenen Wintermantel und sah, daß der doch am Kragen schon ganz schön abgewetzt war. »Na miaß ma hoit no wo andast schaugn«, meinte sie, und es klang gar nicht bedauernd.
Gottergeben trottete er hinter ihr her, als sie das nächste Modehaus ansteuerte.
»Moanst ned, daß' da herin fia uns z' teuer werd?« versuchte er

sie zurückzuhalten, als sie die mit Teppich ausgelegten Verkaufsräume betraten.
»Zwoahundertfuchzg Mark, weiter geh i ned« raunte sie ihm noch zu, und sein Protest: »Zwoahundert hab i gsogt!« blieb ihm fast in der Kehle stecken, als eine Verkäuferin auf sie zukam:
»Was darf's denn sein, die Herrschaften?«
»An Mantl fia sie«, er verbesserte sich sofort, »fia mei Frau.«
Die Verkäuferin (Bixlmadam nannte sie Alois Schmidtmeier für sich) taxierte Frau Schmidtmeier von oben bis unten:
»Zierliche Größe. Da haben wir sehr schöne, jugendliche Modelle da. Wenn ich Ihnen etwas zeigen darf?«
Eine einladende Handbewegung, der Vroni freudig, Alois etwas zögernd folgte.
Ihm wurde ein zerbrechliches Stühlchen zum Hinsetzen angeboten. Vronis schäbiger Mantel, für den er sich jetzt schämte, wurde sorgfältig auf einen Bügel gehängt, als handle es sich um ein unersetzlich kostbares Stück, und dann stand seine Vroni da, zierlich, wie die Verkäuferin gesagt hatte, und harrte mit rosa überhauchten Wangen der Wunder, die da kommen würden.
»Was für eine Farbe, was für ein Material haben Sie sich vorgestellt?«
Hilfesuchend sah Vroni zu ihrem Alois hin, der zuckte die Schultern. An Farbe und Material hatte er nie gedacht, nur daran, daß ihn die ganze Angelegenheit nicht zu teuer kam. Auf zweihundertfünfzig hatte ihn das raffinierte Weibsbild schon hochgejubelt, aber auf mehr würde er sich keinesfalls einlassen! Schließlich mußte er auch an sich selber denken und damit an die Quartzuhr, die er schon die längste Zeit im Auge hatte und die er sich schenken wollte, getreu dem Motto: »Jeder soit se selber kaffa, was eahm gfreit!«
Vroni hatte, auch ohne seine Hilfe, konkrete Vorstellungen.
»Oiso, schwarz amoi ned. Es soit ja mehra a Mantl fia olle Dog sei, aber fian Sonntag scho aa.«
»Vielleicht braun, beige, grau oder grün?« Die Verkäuferin musterte den Alois in seinem Lodenmantel. »Wir haben auch sehr schöne Trachtenmodelle.«

»Naa, an Trachtnmantl aa ned. Scho amoi a bißl was Elegantes.«
Die Verkaufsmamsell schleppte, Vroni probierte, Alois rutschte auf seinem unbequemen Sitz hin und her und linste verstohlen auf die Preisschilder, und es wurde ihm warm dabei.
Doch auch seine Frau ließ die Kostenfrage nicht außer acht. Bis zu dem Moment, da sie in ein dezent gemustertes schwarzweißes Modell schlüpfte. Ein kleiner, weißer Pelzkragen legte sich schmeichelnd um ihren Hals. Der Mantel hatte einen tadellosen Sitz. Nichts war zu eng, nichts zu weit, er war weder zu kurz noch zu lang, er paßte, als wäre er für Veronika Schmidtmeier maßgeschneidert.
»Er steht Ihrer Frau wirklich einmalig gut«, sagte die Verkäuferin mit bewunderndem Ton, aber das war ihr Geschäft.
Doch auch Alois mußte zugeben, daß der Mantel seine Vroni kleidete, ja, sie tatsächlich jünger machte, sie sah gar nicht mehr aus wie eine brave Hausfrau und Mutter dreier erwachsener Kinder. Aber vielleicht kam das auch nur von dem freudigen Glanz in ihren Augen, ausgelöst durch das wunderbare Gefühl, gut angezogen zu sein, seine Vorstellungen erfüllt zu sehen.
Doch dann sah sie sich das Preisschild an, und das Leuchten erlosch: »Fünfhundertachtundneunzig Mark« flüsterte sie dem

Alois zu, dem auf einmal gar nicht mehr gut war, der von einem heftigen Kopfschütteln befallen wurde und abrupt von seinem Stühlchen aufstand.
Mit einer entschlossenen Geste knöpfte Vroni den Mantel auf, hängte ihn über einen Bügel, ohne noch einmal einen Blick darauf zu werfen, zog wieder ihren abgetragenen Mantel an und sagte mit einem Achselzucken zu der Verkäuferin: »Leider ist nichts dabei, was ich mir vorgestellt hatte!« Und es fiel dem Alois ungut auf, daß sie diesmal hochdeutsch sprach, soweit sie den bayerischen Tonfall unterdrücken konnte.
»Jetzt probiern mir's hoit da drübn no«, wollte der Alois seine Vroni aufmuntern und diesmal war er es, der sie zum nächsten Kaufhaus drängte.
Lustlos suchte sie in der Mantelabteilung herum, schlüpfte auch einmal in dieses oder jenes Kleidungsstück, aber das mußte sogar der Alois zugeben, alles war nur noch billiger Abklatsch gegen den Schwarzweißen.
Schließlich meinte sie mit einem kleinen Seufzer: »Wia gfoit da na der?« Es war ein schlichter, brauner Mantel, Dutzendware, unauffällig und uniform. »A bissl z' lang is a, aber dees konn i ändern lassn.«
»Hundertachtaneinzg« las Alois auf dem Preisschild. Damit wäre sein anfangs gesetztes Limit eingehalten. »Na ja, wenn er dir gfoit. Schlecht is a ned«, versuchte er Vroni aufzuheitern.
Sie kauften den Braunen. Vroni ließ sich die richtige Länge abstecken. »Damit geh i zur Frau Moser, de ändert ma dees billiger ois da im Kaufhaus, und schneller gehts's aa.«
»Dees Ändern zahl i nadürle aa«, meinte Alois in einem Anflug von Großherzigkeit. »Aber jetzt hab i an Durscht. Gibt's da herin koa Café oder so was?«
»Oan Stock höher«, gab Vroni Bescheid, als sie ihre Tüte entgegennahm, während Alois an der Kasse bezahlte.
»Guad, na fahrn ma nauf, und du kriagst an Kuacha und an Kaffee.«
»Ah, dees brauchts ned, dees kemma uns dahoam aa macha!«
»Jetz san ma scho da, und an Platz kriagn ma aa, schaug, da hint

beim Fenster is no was frei. Geh weida, i wer di doch amoi zum Kaffee eiladn derfa!«
Sie legten ihre Mäntel über den dritten freien Stuhl, die Tragtasche mit dem neuen obendrauf. Sonst, das wußte Alois ganz genau, konnte es Vroni nicht unterlassen, noch einmal nachzusehen und ihren Einkauf zu begutachten. Heute blieb die Tüte zu. Vroni war ungewöhnlich still.
Es war ihm gar nicht danach, aber trotzdem regte Alois an: »Hernach kenn ma ja nomoi nach dem Pullover fia d' Marille schaugn, wennst mogst.«
»Naa, dees mach i na scho nächste Woch alloa.«
»Und was hasta fian Maxl und sei Everl ausdenkt?«
»Dees woaß i no ned so genau. Vielleicht an Quarzwecker, du woaßt ja, wia hart da Maxl oiwei aufgstandn is.«
Bei dem Wort »Quarz« klingelte es in Alois Schmidtmeiers Gehirn: »Mei Schmugeld fia d' Quarzuhr! Fünfhundert Mark hätt' i dafia hint. Wenn i da Vroni auf den Mantl dreihundert draufglegt hätt, na daadn ma no zwoahundert bleibm, und dafia kriagt ma schließle aa scho a Quarzuhr. Ob de hoit aa so guad waar wia de anda?«
Er hob sein Bierglas an die Lippen und nahm einen tiefen Zug. Dabei beobachtete er aus den Augenwinkeln seine Frau.
Vroni stocherte in ihrem Kuchen herum. »Mei, der schwarzweiße Mantl mit dem kloana Pelzkragerl, dees waar hoit amoi was gwesen. Oamoi a teuers Stück fia mi! A Lebn lang bloß immer ois fia d' Kinder, fia anda Leit. Na, und da Alois is aa nia z' kurz kemma. Dreihundert Markl hab i hint fia eahm, fia de Quarzuhr, de er se eibuidt. A Überraschung waar's scho, wenna de unterm Tannabaam findn daad. Aber gwieß hoaßt's na wieda: Wo host 'n dees Geld her? I gib dir, scheint's z' vui Haushaltsgeld? Naa, Vroni, denk doch amoi an di selber! Was hat der Alois heit gsogt, bevor mia in d' Stadt reigfahrn san? Jeda soid se säim dees kaffa, was eahm gfreit. Am Montag fahr i rei und gib den Mantl zruck, i hoi ma den Schwarzweißen. Hoffentle ham s' 'n dann no! Aber wia bring i dees am Alois bei?«
Der hielt sich inzwischen an seinem Bierglas fest und kämpfte

einen kurzen Kampf: »So fesch hat s' ausgschaugt, d' Vroni, in dem teuern Mantl, fast wia a jungs Madl. Naa, i hab wirkle koan schlechtn Griff do mit ihra, vor dreißg Jahr. Oiwei hod s' ois zammaghoitn, d' Kinda guad vasorgt und 's Hauswesen. Jetz werd's Zeit, daß i's ihr moi dank. Geh weida, Loisl, druck di ned länger!«
Und Alois Schmidtmeier gab sich einen gewaltigen Ruck, griff mit seiner Pratzn nach der schmalen Hand seiner Vroni, daß diese ganz erschrocken zusammenzuckte und ein Stück Kuchen von der Gabel fiel.
»Woaßt was, Vronerl«, das Sprechen fiel ihm schwer und er mußte erst noch mit einem Schluck Bier nachspülen, »mia gebn den braunen Mantl zruck und hoin den andern.«
»Geh, Loisl, mach koane Witz, der kost ja dreihundert Mark mehra!«
»Dees bist ma scho wert, Madl, ohne Krampf. Kumm, trink ma uns zam und gehn ma, sonst is a am End no furt aa.«
Vroni verschluckte sich an ihrem Kaffee und bekam davon, ganz bestimmt nur davon, feuchte Augen.
Als die Angelegenheit mit dem Mantel ins Lot gebracht war und Vroni, in der Tragetasche ihren alten, nun ausrangierten Überzieher, sich beim Alois einhängte, war er sicher, seine Frau schon lange nicht mehr so glückstrahlend gesehen zu haben. Und er freute sich mit ihr und klopfte sich innerlich selber auf die Schultern: »Guat hostas gmacht, Loisl!«
Vroni lotste ihn vor ein Uhrengeschäft, stieß ihn sanft an und sagte mit einem schelmischen Blick: »Welche hätt's denn sei soin, Lois?«
»Waaas, dees woaßt du aa?« rief Alois ganz erstaunt.
»I woaß oft mehra, ois du denkst«, nickte sie, und er glaubte ihr aufs Wort.
»Dee da hint« sagte er dann, »aber dees is jetz nimmer drin. Na wart i hoit no a wengl, 's muaß ja ned glei sei.«
»Mia gengan jetz nei und lassn s' zrucklegn. Wenn mia zammsteuern, na werd s' scho drin sei. Und wenn's goor ned andast

geht, na kriagt hoid heia d' Verwandtschaft nix. Wo s' eh scho ois hod!«
»I kenn di ja gor nimma, Vronerl. Aber recht hast, heit san mia amoi dro, und den Wecker fian Maxl kenn ma aa glei kaffa. Moanst, daß as Everl aa a Freid damit hat? Du, der gebn ma lieber so a Ketterl mit am Stern. Und was host fia d' Hedy vorgseng und ihre zwoa Bambsn?«
»Hör nur grod wieda amoi auf, Alois! Mia ham doch nimma so vui Geld dabei!«
»Aber 's Scheckbiachl hab i in da Taschn, und jetz hast mi scho amoi herin in da Stadt, dees miaß ma ausnutzn. Du, übern Christkindlmarkt gehn ma aa no, und da kaff ma uns an Punsch und a Zuckerwatt' und brennte Mandln. Und du kriagst a paar neie Engerl fia d' Krippn, weil bei de oidn d' Flügl scho brocha san.«
»A Spuizeig fia da Hedy ihre Kinder kenn ma uns aa no oschaugn.«
»Freile, dees mach ma. A Auterl zum Aufziagn fian Mark. Mei, was moanst, wia gern i so was ghabt hätt ois Bua! Aber auf Weihnachtn warn a Paar neie Strümpf' oda Handschuah wichtiger ois wia a Auterl.«
»Schaug moi, san die Babypuppen ned liab? Waar dees nix fia d' Natalie? A Babypuppn, de d' Windln naßmacht, dee hätt i mia oiwei gwünscht!«
»Was wuist denn, du hostas ja kriagt! Drei Stück, und lebendige no dazua. Hast gnua Arwad damit ghabt, bis' d' Windln nimmer naß gmacht ham und auf eigene Fiaß gstandn san.«
Sie lächelte ihn an, ein bißchen erstaunt und ein bißchen wehmütig.
Sie kamen zum nächsten Standl.
»Nehma fia d' Tante Wally an Gewürzstrauß?«
»Naa, de kriagt ihr Nachthemd vom letzten Jahr. Und da Erwin den Pfeifenständer vom Sepp, den i ned brauch fia meine Stumpn. Vielleicht kennt er 'n aber scho, weil er 'n 's vorletzte Jahr selber am Onkel Toni gschenkt hat? Hätt ma ned fia d'

Fanny no a Buach vom Großvatter über Schmetterlingszucht in Südostasien?«
Vroni lachte: »Du bist a schrecklicher Kerl. Aber i mog di, du Haderlump!«
»I mog di aa, Deandl! Und wia!« Alois Schmidtmeier, seines Zeichens Oberbuchhalter beim Heille und Litte, zog die ihm vor knapp dreißig Jahren angetraute Ehefrau Veronika Schmidtmeier in seine Arme, drückte sie an sich und ihr a Bussl auf'n Mund. Mitten im Marienplatz, mitten am Christkindlmarkt, mitten unter schiebenden, drängelnden Leuten mit Paketen, Taschen und Tragetüten, die sich keinen Deut darum kümmerten, daß für ein bereits etwas altbackenes Ehepaar schon Weihnachten war und Ostern und Pfingsten und Geburtstag und Hochzeitstag, alles auf einmal.
O du fröhliche, bimmelte eine Spieldose am Nachbarstandl.

Weihnachtsfeier im Verein

Jetz is de Zeit der Weihnachtsfeiern,
doch da Kassier sogt, d' Kass' is leer!
Na miaß ma olle zammasteiern,
a Weihnachtsfeier, de muaß her!

De konn er uns doch ned vaweigern!
A Weihnachtsfeier, de muaß sei!
An Christbaam dean ma da vasteigern,
na kimmt des Geld scho wieda rei!

Beim Unterwirt, da is' recht zünftig,
beim Unterwirt, da feiern mia,
denn seine Preise san vanünftig,
und er hod aa des besser Bier.

Da Vorstand muaß a Redn schwinga,
und was er sogt, des is bekannt.
Jeds Jahr duad er des gleiche bringa.
Und nachad singa s' mitanand

De oan, de habn an Text vagessn.
Paar falsche Tön' konnst aa no hörn.
De andan miassn nebnbei essn.
A laarer Bauch, der singt ned gern.

Damid s' 's Programm a wengl strecka,
sogt Versl auf a kloana Bua.
Zwar bleibt er manchmoi a weng stecka.
Dees macht nix, 's hört ja koana zua.

Ma wui se schließle untahaltn,
und abei stört 's scho recht, 's Programm.
Sie wolltn 's feierlich gestaltn,
doch d' Stubnmusi hört ma kaam.

»Jetz woin ma ‚Stille Nacht' no singa.
Geh, hoits eich doch a wengl staad!«
De Kellnerin duad 's Essen bringa,
und frogt: »Wer kriagt no an Salat?«

Ganz zünftig is de Weihnachtsfeier!
Des Bier, des schmeckt und hod an Foam!
Und so wia jeds Jahr trogt aa heia
mancher sein Rausch, -goidengl hoam!

Kerzenglanz

Kerzenglanz in Kinderaugn,
de ganz groß san, voller Schaugn.
's Goscherl auf vor lauter Stauna,
weng vaschmiert scho von da brauna
Schokolad, de in de Händ'
langsam schmuizt, weil 's Kerzerl brennt.

Kerzenglanz in goldne Ringerl.
Warme Hand um schmale Fingerl.
A Versprechen, a guads Wort:
»Unser Liab, de dauert fort!
Daß i dir de Treu bewahr,
sie werd wachsen Jahr fia Jahr!«

Welke Händ' im Kerzenschimmer.
Oider Mo alloa im Zimmer.
Lautlos tropft as Wachs, de Tränen.
Er konn se da dro ned gwöhnen,
daß sie nia mehr wieder kimmt,
daß da Tod oam 's Liabste nimmt.

Wärm und Liacht der Weihnachtskerzen.
Freud' und Frieden allen Herzen?
Doch es fragn Liab und Leid
ned nach Kerzenglanz und Zeit.
Schaug di um, sperr di ned ei!
Gib und nimm, laß Weihnacht sei!

Vier Pfund z'vui!

De Feierdog san um,
de »pfundige« Weihnachtszeit.
Jetz schlepp i mit mir rum,
ebbas, des mi ned gfreit!

Wann i in' Spiagl schaug,
na gfoid's ma zwar ned schlecht:
koa Foitn untam Aug.
Da waar da Speck scho recht.

Doch spanna dean de Blusn,
zwoa Pfund san z'vui am Busn.
Am Hintern steign d' Röck.
Aa do zwo Pfund z'vui Speck!

Da Metzga mit vui Gfui
zoagt mir zwoa Kilo Speck.
Den Schwartling hab i z'vui?
Ja, der muaß wieda weg!

Ab heit werd eisern gfast!
Koa Platzl mehr, koan Punsch!
Daß 's Gwand boid wieda paßt,
dees is mei Neujahrswunsch!

Die Kaminuhr

Es war drei Tage vor Weihnachten, und Peter hatte noch immer kein Geschenk für seine Kathrin. Es war aber auch zu schwierig! Wenn er sie fragte, was sie sich wünsche, sagte sie »Nichts« und lächelte dazu, fein, zart und ein ganz kleines bißchen wehmütig. So kam es ihm jedenfalls vor. Und dann war er zornig und wollte sie gar nicht mehr ansehen, wich ihrer Hand aus, wenn sie über seinen Kopf streicheln wollte. ‚Als wär ich ein dummer Bub oder ein armer Hund', dachte er böse. ‚Aber sie hat ja recht, ich bin ein armer Hund! Ich kann meiner Frau heuer nicht einmal ein Weihnachtsgeschenk machen!'

Er wußte genau, warum sie sich »nichts« wünschte, nämlich, weil sie wußte, daß er kein Geld übrig hatte. Seit acht Monaten war er arbeitslos, und die Unterstützung reichte gerade für die Miete, für die Abzahlungen, für das tägliche Leben. Das Weihnachtsfest hatte nicht stattzufinden, und an Geschenke war nicht zu denken. An ‚Geschenke' im Plural dachte Peter sowieso nicht. Aber irgend etwas, eine winzige Kleinigkeit, sollte es doch sein!

Freilich, sie hatten sich übernommen, als sie vor knapp eineinhalb Jahren heirateten. Die Wohnung war nicht billig zu nennen. Und dann die neuen Möbel –, jeden Schund hatten sie auch nicht kaufen wollen, schließlich sollten einen die Freunde und Verwandten nicht ausrichten! So war alles ein bißchen zu groß geraten, ein bißchen zu aufwendig. Das wäre zunächst noch nicht so schlimm gewesen, und sie hätten es zu zweit schon verkraften können, wenn Peter nicht Knall und Fall seinen Arbeitsplatz verloren hätte. Und er war noch selber schuld daran, das heißt sein heftiger Jähzorn, den er oft vergeblich zu bekämpfen versuchte. Der Chef hatte eine ungerechte Bemerkung über Peter Kogler gemacht. Hätte er sich ruhig und bestimmt gerechtfertigt, wäre nichts passiert, aber er schäumte über wie eine geschüt-

telte Flasche Sekt, knallte die Akten auf den Schreibtisch und die Tür hinter sich ins Schloß – und dann saß er auf der Straße.
Zunächst hatte er Kathrin nichts davon erzählt, war Tag für Tag morgens weggegangen, als ginge er zur Arbeit. War in der Stadt herumgeschlendert, hatte Zeitungsannoncen studiert, sich da und dort vorgestellt, aber ohne Erfolg. Dann hatte er es sich angewöhnt, kleine Handlangerdienste zu verrichten. Am Viktualienmarkt kannten ihn inzwischen ein paar Obsthändler, denen er beim Ausladen half, die leeren Kisten wegräumte, den Gehsteig kehrte. Um zehn Uhr vormittags führte er den Hund der Käsehändlerin spazieren, mittags fand man ihn beim Stehausschank, wo er die Pappteller wegräumte und die Tische abwischte. Geld bekam er dafür nur selten, höchstens eine Tüte Äpfel mit Druckstellen, einen Camembert, der schon das Laufen lernte. Am Schnellimbiß eine Bockwurst mit Kartoffelsalat, ein Glas Bier. So hatte er wenigstens sein Mittagessen. Ab und zu lud ihn ein Stammgast zu einem Glasl Schnaps ein, manchmal blieb es nicht bei dem einen, und Kathrin schnupperte abends, wenn er heimkam: »Du trägst ja wieder mal ein Fahndl vor dir her!«
»Mia ham a Geburtstagsfeier im Betrieb ghabt.«
»Bei euch wird anscheinend oft Geburtstag gfeiert.«
»Ja und, kann i mi da ausschließen?« fuhr er sie an.
Sie sagte nichts mehr.
Was ihr auffiel, war, daß er abends nicht mehr oder nur noch sehr wenig rauchte.
»I will ma's abgwöhnen.«
Die Wahrheit war, daß er sich keine Zigaretten mehr leisten konnte. Er rauchte nur noch ‚Gschenkte und Gschnorrte'. Ja, er hatte sich sogar schon dabei ertappt, nur halb gerauchte Kippen aufzuheben, den Tabak zu sammeln und sich dann selbst Glimmstengel zu drehen. Wenn er in den Spiegel sah, dann ekelte ihm vor sich selber, und davon wurde er launisch und aggressiv.
Dieses Doppelleben ging so lange gut, bis Kathrin schwanger wurde. Sie war im Geschäft ohnmächtig geworden, und man

hatte sie zum Arzt geschickt. Als der ihr sagte, daß sie ein Kind erwartete, war sie voller Freude gewesen, daß sie sich spontan entschloß, für den letzten Rest vom Haushaltsgeld ein Festessen einzukaufen. Einen Rehbraten, den mochte Peter doch so gern! Und deswegen war sie zum Viktualienmarkt gefahren, und dort hatte sie ihren Peter gesehen, wie er senfverschmierte Pappteller einsammelte! Zuerst war sie fassungslos stehen geblieben und hatte gar nicht glauben können, was sie sah. Aber dann hatte sie sich selbst ein Schaschlik am Pappteller gekauft und war damit an den Tisch hingetreten, den er gerade abwischte.
Zuerst war er knallrot geworden, dann kalkweiß. Er hatte den zusammengeknüllten Lappen in den Abfallkübel geworfen, sich seine karierte Halbschürze heruntergerissen und war davongelaufen, war regelrecht getürmt.
Abends mußte sie ziemlich lange auf ihn warten, bis er nach Hause kam. Es war so spät, daß er annehmen mußte, sie schliefe schon. Aber sie schlief nicht, sie saß im Dunkeln im Wohnzimmer und ließ das Licht aufflammen, als er den Raum betrat.
»Du hast auf mi gwart?« stotterte er.
»Ja, weil ich glaubt hab, daß du mir was zu sagen hast.«
»Kruzitürken«, war er aufgefahren, »i hab mei Arbeit verlorn. I bin nur noch der letzte Dreck, putz ander Leut Dreck weg, und das nur für a Dankschön oder a paar welke Salatstauden! Hast dich denn nie gwundert, woher i des Zeugs hab?«
» Du hast doch gsagt, a Kollege mit am eignen Garten bringt ab und zu was mit.«
»Aber der Käs', wachst der auf de Baam oder in am Beet?«
»Den wolltst doch von einem anderen Kollegen haben, dem sei Frau in da Kantine arbeitet?«
»Und du hast mir immer alles brav glaubt?«
»I hab dir glaubt, weil i Vertrauen zu dir hab. Aber du hast offensichtlich keins zu mir, denn sonst hättst mir längst alles erzählt und mia hätten mitnand nach a Lösung suchen können.«
»Und du glaubst, die hätten mia gfunden? Und du glaubst, i hab ned gsuacht? I wollt' dir alles erzähln, ganz bestimmt, aber erst, wenn's vorbei is. I wollt' dir den Schock ersparn.«

»Glaubst, dees war heut koa Schock für mi?«
»Arbeit schändet nicht.«
»Ganz gwieß ned, aber die Arbeit, diesd jetzt machst, bringt nix ein. Und mia werden in Zukunft mehr Geld als bisher brauchen. I hab nämlich aa no an Schock für di parat. Eigentle sollt's ja a freudige Nachricht sein . . .«
»Was is los?« Er setzte sich neben sie und zog seine Socken aus.
»I muaß aufhörn zu arbeiten.«
»Waaas?« Er sprang auf. »Bist denn verrückt worden?«
»Ja. Heut nachmittag hab ich's no glaubt. Verrückt vor lauter Freud und Glück. Aber so wie's jetzt aussieht . . . Mia werden a Kind haben. Wenn 's gsund und normal auf d' Welt kommen soll, dann muß i mi sehr schonen, sagt der Arzt. Viel liegen, nichts Schweres heben, keine Anstrengungen, keine Aufregungen.« Sie klammerte die Finger ineinander und legte sie wie schützend über ihren Leib, dem man noch keine Spur des werdenden Lebens ansehen konnte. Er war in den Sessel gesunken und hielt stöhnend das Gesicht in den Händen verborgen: »Omeiomeiomei, muaß denn alles zamkommen?«
»Es is rührend, wiast di gfreist!« Aus ihrer Stimme klang unterdrücktes Schluchzen.
»Jetzt red doch koan Kaas! I daad mi ja gern freun«, schrie er, »wenn's ned so verrückt waar!«
Jetzt weinte sie wirklich.
»Kathrinerl, Kathrin, Herzerl, es war doch ned so gmeint! Beruhig dich doch! Hast wieder koa Taschentüchl, mei Beezerl? Wart, da, nimm meins. Ja, pfui Teufl, dees is ganz dreckat und voller Erdn, da hab i mir d' Händ abputzt nach'm Krautsortiern. Und jetzt hast du alles in deim Gsichtl verschmiert! Spatzerl, schaug di mal im Spiagl o! Siegst, jetzt kannst wieder lachen! Mia wern's scho schaffen. Du! Ganz gwieß. Und natürle hörst z' arbeiten auf. Unser Kindl soll doch gsund sein. Ein schönes, gsundes Kindl wolln mia ham. Werd's vielleicht sogar a Christkindl?«
»Naa, ned ganz, es werd wohl Mitte Januar kommen.«

»Mei, dees is no viel Zeit. Du wirst sehn, bis dahin kommt alles wieder in d' Reih!«

Aber es war nichts ins Lot gekommen. Peter Kogler ging immer noch keiner geregelten Arbeit nach, als er, die Hände in den Hosentaschen und den Jackenkragen hochgezogen, über den Christkindlmarkt bummelte. Was da alles angeboten wurde, wofür die Leute Geld ausgaben! Christbaumkugeln, bunte Glitzerketten, gipserne Krippenfiguren, kitschige Ölbilder. Ein Geruch von Glühwein, gebrannten Mandeln, Kräuterbonbons und Bratwürsten schwebte über dem Ganzen.

Am Nachmittag hatte es leise zu schneien angefangen, und nun glänzten die Schneeflocken in dem hundertfachen elektrischen Kerzenschimmer. Ihm war kalt. Sollte er sich einen Glühwein leisten?

Achtunddreißig Mark hatte er noch in der Tasche, und dafür sollte er den Festtagsbraten besorgen. Eine Gans sollte es sein, und am Viktualienmarkt wollte er sie kaufen. Dort kannte man ihn schon, er würde vielleicht einen kleinen Preisnachlaß herausschinden können, und wenn was übrig blieb, dann konnte er vielleicht doch noch eine Kleinigkeit für Kathrin erstehen. Wenn was übrig blieb!

Worüber würde sie sich wohl freuen? Wie sah das »Nichts« aus, das sie sich wünschte? Wie eifrig er auch bei den verschiedenen Standln Ausschau hielt, da gab es nichts, das er für sie hätte kaufen wollen.

Er war schon dabei, den Markt zu verlassen, als er ein bißchen abseits von den anderen die Bude eines Trödlers entdeckte. Antiquitäten waren teuer, aber was hier angeboten wurde, waren eher Antiqualitäten, und doch reizte es ihn, zwischen den mit sinnigen Sprüchen bemalten Kaffeetassen, modrig riechenden Gebetbüchern, abgegriffenen Rosenkränzen, stumpf gewordenen Silberschalen prüfend das eine oder andere Stück in die Hand zu nehmen.

Dann entdeckte er auf einem hinteren Bord eine zierliche kleine Kaminuhr. Das Zifferblatt mit den römischen Ziffern war vergilbt, die Zeiger fehlten. Ein kleiner Perpendikel schlug eifrig wie

das ängstliche Herz eines Hasen. Das Gehäuse war aus dunklem Holz, stellenweise abgegriffen. Es bestand aus einem Podest mit Jugendstilornament, darauf zwei zierlich gedrechselte Säulchen, die den oberen Teil mit dem Zifferblatt trugen. Das Ganze war gekrönt von einem pagodenartigem Dach, ebenfalls mit Jugendstilornamenten verziert.
Hatte Kathrin nicht einmal erzählt, daß ihr Großvater so ein Ührchen besessen und sie darauf die Zeit gelehrt hatte? In der Schule war sie dann ganz verwirrt gewesen, weil die Zahlen auf einmal ganz anders aussahen als die, die sie vom Zifferblatt der Uhr her kannte.
Peter wußte, daß er mit dieser Kaminuhr, auch wenn die Zeiger fehlten, Kathrin würde eine Freude machen können. Aber das Stück war sicher viel zu teuer, es hatte gar keinen Sinn, danach zu fragen.
Er ging weiter, aber nur ein paar Schritte, drehte wieder um, strich um den Stand herum, wie ein Wolf, der auf Beute lauert, tat ganz uninteressiert, wenn ihn der Verkäufer musterte, blieb

lauschend stehen, wenn er mit einem Kunden sprach. Jedesmal bekam Peter Herzklopfen, wenn jemand an den Stand herantrat. Würde dieser seine Uhr kaufen oder jener?
Schließlich gab er sich einen Ruck, zog die eine Hand aus der Hosentasche und deutete ziemlich beiläufig auf das hintere Regal. »De Uhr da hint« brummelte er, »is gwieß ned viel wert, ohne Zeiger.«
»Aber sie geht«, sagte der Verkäufer und machte keine Anstalten, das Ührchen herunterzuholen.
»Kann i s' mal sehn?«
»Verstehn S' was davon?«
»Was muaß ma scho groß' verstehn? A Uhr ohne Zeiger!«
»Die Zeiger sind da. Die müssn grad montiert werden. Allerdings sind's nicht mehr die originalen, nicht die Jugenstilzeiger. Deswegen geht's ja auch so günstig her, das Ührl.«
»Was verstehn S' unter ‚günstig'?«
»Was würden S' denn ausgeben?«
»Achtunddreißig Mark«, sagte Peter spontan, dachte im gleichen Moment an die Weihnachtsgans und beruhigte sich selber, daß ihn der Verkäufer bei diesem Gebot sicher auslachen würde. Wenigstens hatte er versucht, für Kathrin ein Weihnachtsgeschenk zu erstehen!
So schnell konnte er gar nicht schauen, da hatte der Verkäufer die Uhr schon in eine Schuhschachtel verpackt, auf Seidenpapier gebettet. »Da san d' Zeiger. Die stecken S' am besten in den Geldbeutel. Sie sind ganz leicht z' montiern.«
Gerade waren in dem Geldbeutel noch die achtundreißig Mark für den Gansbraten gewesen, jetzt fanden sich darin nur noch ein großer und ein kleiner Zeiger, die nicht so recht zu der Kaminuhr paßten und deshalb ein Schattendasein hatten führen müssen, damit die Uhr einen Käufer fand.
»Wissen S'«, sagte der Verkäufer noch, als er Peter die Schuhschachtel übergab, »eigentlich hab ich gar nichts verdient an dem Ührl.«
»Dees kennt ma scho«,winkte der Peter ab und wollte sich zum Gehen wenden.

»Naa, wirklich! Die Uhr hat mir vor Jahren ein alter Herr bracht. Das war wirklich ein Herr, wenn man's ihm auch angsehn hat, daß es ihm nimmer gut geht und daß er einmal bessere Tag gsehen hat, wie ma so sagt. Er wollt' die Uhr bei mir versetzen. ‚Ich bin kein Pfandleihhaus' hab ich ihm gsagt. ‚Grad drum komm ich zu Ihnen', hat er mir geantwortet. ‚Ins Pfandleihhaus, das wär das letzte, da müßt ich mich vor mir selber schämen'. ‚Ich bin ein Tandler, ich kann s' Ihnen nur abkaufen'. Aber vom Verkaufen wollte er nichts wissen. Er sei in einer momentanen Verlegenheit und erwarte in den nächsten Tagen eine Geldanweisung. Fünfzig Mark wenn ich ihm derweil für die Uhr geben könnte. In zwei, drei Tagen wolle er sie wieder abholen. Die Uhr hat mir gfallen, besonders die Zeiger waren sehr schön. Und so hab ich mit ihm gehandelt, und er hat mir das Ührl für achtunddreißig Mark daglassen. Gekommen ist er dann freilich nimmer. Ich hab's auch gleich nicht geglaubt, das mit der Geldanweisung. No ja, und dann stell ich die Uhr in meine Auslag, und dann kommt jemand vorbei, der sich für die Zeiger interessiert, nur für die Zeiger, nicht für die ganze Uhr, und da hab ich ihm die Zeiger verkauft, und seitdem hock ich auf der Uhr, obwohl ich andere Zeiger dafür bsorgt hab, obwohl ich sie reparieren und reinigen lassen hab. Kein Mensch wollt s'. D' Leut haben alle keinen Blick fürs Echte. Aber Sie, Sie haben's gleich gesehen, was Sie da jetzt für einen Schatz heimtragen. Halb gschenkt, was sag ich, ganz gschenkt, wenn i meine Unkosten abrechnet. Wissen S', grad weil Sie gsagt ham: achtunddreißig Mark! Ausgerechnet achtunddreißig Mark, genau so viel, wie ich seinerzeit dafür bezahlt hab . . . «

Peter hörte nicht mehr länger zu. Siedend heiß kam ihm erst jetzt zum Bewußtsein, daß es nun keinen Weihnachtsbraten geben würde! Und würde sich Kathrin wirklich über die Uhr freuen, nur weil sie vielleicht eine entfernte Ähnlichkeit mit der Uhr ihres Großvaters hatte?

Am liebsten hätte er die Schuhschachtel in den nächsten Abfallkübel gestopft! Ihr Festmenü würde aus Obst und Käse beste-

hen. ‚Wia bei de feina Leut', dachte er, ‚nur daß bei uns die vier oder fünf Gäng' vorher fehlen werden.'
Als er nach Hause kam, erhob sich Kathrin schwerfällig aus dem bequemen Sessel, in dem sie strickend gesessen hatte.
»Was, is de Gans so kloa, daß s' in a Schuahschachtl neipaßt?« rief sie, als sie das Paket unter seinem Arm sah.
»Kathrin«, stotterte er, »mia wern koa Gans ham«.
»Was dann? A Täuberl vielleicht?«
Er öffnete den Deckel und hielt ihr die Schachtel hin.
»A Uhr? Du hast a Uhr kauft?«
»Dei Uhr, Kathrin. Dei Weihnachtsgschenk! Weißt, i hab mir denkt, weilst doch immer gsagt hast, wia gern du di no an die Kaminuhr von deim Großvater erinnerst, du hättst a Freud damit.«
»A Freud? A Riesenfreud! Ich wollt' endlich wieder was Anständigs auf den Tisch bringen, i wollt' an Weihnachtsbraten! Und dann kommst du mit einer alten, wurmstichigen Uhr daher, die ned amoi Zoager hat! Was hast dir denn dabei denkt? Sollen mia vielleicht davon runterbeißen? I kann's ja mal probiern, ob i de weichkochen kann! Oder vielleicht willst du s' lieber gebraten oder sauer einglegt?«
»Kathrin, jetzt sei doch ned so zornig! So hab i di no nia gseng!«
»Glaubst du, du kannst oiwei nur alloa zornig sei! Einen Haß hab i auf di, einen ausgewachsenen Haß! Da, steck dir dei Glump, dei schäbigs, auf'n Huat!«
Sie hatte die Uhr aus der Schachtel gerissen und ihm vor die Füße geworfen. Das Gehäuse zerbrach, das Werk zersprang, Räder und Federchen hüpften über den Fußboden, und auf den Fliesen gab es einen hellen Klang.
Zuerst sahen sie einander an, beide erschrocken über den Ausbruch, dann starrten sie auf den Boden. Da lagen die Trümmer der Kaminuhr, und so wie es aussah, war sie nicht mehr zu reparieren. Aber beide hatten in diesem Moment fast den gleichen Gedanken. War da nicht etwas anderes, etwas viel Wichtigeres und Schöneres dabei, kaputtzugehen? Ihre Gemeinsamkeit.

»Peter«, stammelte Kathrin, »sei mir ned bös! Das hätt' ned passieren dürfen! Du hast es guad gmoant, du wolltst mir a Freud machen, und dabei hast gar ned an di denkt, wo du doch Gansbraten so gern hast!«
Er nahm sie in die Arme und drückte sie fest an sich.
»Is ja scho guad, is ja scho guad.« Und er strich ihr beruhigend über den Rücken. »Vielleicht bring i s' wieder hin, de Uhr, wo i doch so viel freie Zeit hab?«
Sie knieten sich beide auf den Fußboden und begannen, die Stücke der Uhr einzusammeln. Das Werk war zerstört, das würde auch ein geschickter Uhrmacher nicht mehr in Gang bringen können, es sei denn, er hätte unendlich viel Zeit und Geduld und die Koglers das nötige Geld, diese Arbeit zu bezahlen. Aber das Gehäuse ließe sich bestimmt wieder zusammenleimen.
»Weißt was?« fragte Peter und hielt das emaillierte Zifferblatt in der Hand, durch das ein haarfeiner Riß ging, »die Uhr muaß ja gar ned gehn! I flick sie zam, so guad i's kann, und dann stellen wir die Zoager, de ned so recht dazua passen, aber was paßt scho immer recht im Leben, auf fünf vor zwölf. Und jedesmal, wenn mia auf de Uhr schaugn, dann ned, um die Zeit abzulesen, sondern um uns dran zu erinnern, daß' bald zu spät sei kannt, aber no ned z' spät is, neu anzufangen, aufeinander zuzugehen. Du woaßt scho, wia i's moan.«
»Peter, du bist ja a Philosoph! Des hab i gar ned gwußt!«
»Und du bist a Zornpinkerl, des hab i aa ned gwußt.«
»I glab, mia wissn überhaupts no lang ned gnua vonananda. Aber 's is ja no ned z' spät. Es is erst fünf vor zwölf.«

Wenn's Weihnachtn werd . . .

Im Kaufhaus werd weihnachtlich d' Dekoration,
vom Tonbandl rieslt da Schnee.
Da und dort siegt ma scho auf am Balkon
an Christbaam, aufs Fest wartend, steh.

Da Franze vom Nachbarn lernt Blockflöte spuin,
lodt d' Hirtn auf Bethlehem ei.
Fia 's Krippngspui werd jetz scho gübt in de Schuin.
Wer derf denn d' Maria woi sei?

Gestern, da hab i a Goidsterndl gfundn,
im Wohnzimmer, unterm Buffet.
De Rolln mit'm Suibapapier is vaschwundn,
was i absolut ned vasteh.

Kimm, schaugn ma doch glei moi am Speicher drobn nach,
was uns zum Kripperl no fehlt.
I glaab, a neis Stroh gherat auffe aufs Dach.
Schaf hab i drei weniger zählt.

Zeit werd's fia 's Kletznbrot, d' Platzl, an Stolln.
Schäl ma de Mandln, reib d' Nüss'!
D' Modln richt her und an Walker zum Rolln!
Ums Probierndérfa gibt's na a Griß.

Gschwind, schiab unters Bett dei Strickzeigl nei,
da Papa is scho an da Tür!
De Jackn soit fia eham a Christkindl sei,
und seng derf er dee no ned z' friah!

De Kinder, de dean jetz an Wunschzettl schreibn.
Was soit des Christkind ois bringa!
Und d' Eltern, de kaffan und kriagn kaam de Reibn.
Süßer die Kassn nia klinga!

Is so vui aa heitzudog bloß no Kommerz,
wui jeda vadeana dabei,
riaht's da auf Weihnachtn zua doch ans Herz,
ziagt a extrige Freid bei uns ei.

Vui andre, de wissn, wia Angst, Hunger duad.
Ham dee se dees wirkle vadeant?
Mia ham ois und kriagn ois, und uns geht's so guad.
Fast hamma as Teiln scho valernt.

Und riacht's vo da Kuchl draußd eina nach Punsch
und sitz ma so gmiatle beinand,
bleibat am Schluß doch a bsonderer Wunsch:
Dein Friedn, Herr, fia a jeds Land!

Weihnacht

Wenn's draußdn waht und schneibt
und schiach as Weda treibt,
da Wind faucht im Kamin,
na hock ma gern herin,
zündn a Kerzn o,
basteln uns Stern aus Stroh
und lusn auf de Gschicht,
de tröstlich uns vaspricht:
De Welt is ned valorn,
da Heiland werd geborn!

Zu Palästina hint,
wo er koa Bettstatt findt,
legn s' 'n auf Heu und Stroh.
Und es war grod aso,
ois ob da Himme brinnt.
A Engl hod vakündt,
daß jetzad Friedn werd
auf dera arma Erd'.
Denn dunkel war de Zeit
und voller Zank und Streit.

De Botschaft hört ma gern,
mecht s' oiwei wieda hörn.
Und mancher denkt vielleicht:
‚Oamoi, dees hod ned greicht:
O Heiland, kimm no moi!
Was Bessers ois an Stoi,
was Wärmers ois a Hei
soit fia di hergricht sei!
Und alles, was i hab,
bring i zu dir ois Gab!'

Wia schaugt's na wirkle aus?
Hast du an Herd, a Haus,
und klopft wer an dei Tür
und mechat was von dir,
na gibst, no ja, ganz gwieß,
weil ma koa Unmensch is.
Doch d' Stubn und dei Wärm,
de teilst du ned mit eahm!
Naa, naa, da kammatst recht!
De Welt is so vui schlecht!

War s' dees ned oiwei scho?
Mia zündn d' Kerzn o.
Ma kann ja doch nix doa,
so oana, ganz alloa. –
Guit d' Weihnachtsbotschaft gar
a oanzigs Moi im Jahr?
»... die guten Willens sind!«
Wer d' Augn schliaßt, is blind.
Wer festhoit, macht a Faust.
So bleibt da Friedn draußd.

Ein Weihnachtsgeschenk besonderer Art

Alle Jahre wieder, wenn ich meine Weihnachtspäckchen herrichte, die Geschenke in buntes Papier einschlage, ein Schleiferl drumbinde und oft von heftigen Zweifeln geplagt werde, ob nun das rote, das grüne oder gar das goldene besser paßt –, kurz, wenn's halt an allen Ecken und Enden der Wohnung weihnachtet, fällt mir die merkwürdigste Geschichte wieder ein, die ich je erlebt habe.

Als meine Taufpatin noch lebte, und das ist schon etliche Jahre her, bekam ich von ihr Jahr für Jahr das gleiche Weihnachtsgeschenk. Ich weiß nicht, ob die Patin so phantasielos war oder sich dachte: »Das kann man immer brauchen.« Jedenfalls wußte ich stets schon vor dem Auspacken, was das Päckchen enthielt, nämlich eine Garnitur Unterwäsche von der warmen Sorte, und stets zwei Nummern zu groß. »Das Kind wächst ja noch hinein!« Und eine Schachtel Pralinen. Die Pralinen waren nun nicht irgendwelche – fabrikmäßig hergestellt und verpackt, eingelegt in diese vorgegossenen Plastikformen, die man in einem Stück herausnehmen kann, wenn die Schachtel leer ist. Die Pralinenschachteln meiner Patin waren alt, schon einmal leergegessen worden, und jede Praline, eigener Herstellung, versteht sich, steckte in einem extra Papierförmchen, so, wie eben ganz früher die Pralinenschachteln ausgestattet waren. Es war für mich Jahr für Jahr ein Rätsel, wo meine Patentante die Schachteln und die »plissierten« Förmchen herhatte. Sie mußte ganze Stapel davon irgendwo gehortet haben. Aber sie rochen nicht etwa alt und modrig, sondern immer ein bißchen nach Pfingstrosen, nach Rosenwasser, mit dem man früher oft die Buttercremetorten aromatisierte.

Obwohl ich die Unterwäsche nie brauchen konnte, denn das »Kind« hatte nicht die Absicht, in die gutgemeinte Übergröße hineinzuwachsen, war das Weihnachtspäckchen meiner Patin schon eine Art Tradition, vor allem wegen der selbstgemachten

Pralinen und des Duftes nach Rosenwasser. In einem Jahr aber wartete ich vergeblich auf die Sendung. Ich hatte meine Weihnachtsgrüße abgeschickt, aber das fällige Dankschreiben konnte ich mir sparen, ich hatte zum ersten Mal seit Jahren nichts bekommen, und – was mich noch viel mehr wunderte, keine Antwort auf meinen Brief. Was war geschehen? Die Patin wohnte weiter entfernt, hatte kein Telefon, ich war also auf den Briefwechsel angewiesen, und der funktionierte plötzlich nicht mehr. Ich wunderte mich, ließ die Sache aber dann auf sich beruhen. Vielleicht war meine Patin der Meinung, daß ich nun schon ein bißchen zu erwachsen für ihre Geschenke war, denn ich stand kurz vor meiner Heirat.

Als auch im Januar und Februar keine Post kam, schrieb ich noch einmal und lud meine Taufpatin zu meiner Hochzeit ein. Wieder kam keine Antwort, und ich muß sagen, ich war enttäuscht. Hatte ich etwas falsch gemacht, daß die Verbindung so abrupt abbrach?

Ein paar Wochen nach meiner Eheschließung bekam ich ein Paket von einem mir unbekannten Absender. Als ich es öffnete, enthielt es eine wunderschöne versilberte Jugenstilweinkanne und eine passende Gebäckschale. Wer schickte mir solche Kostbarkeiten? Andererseits kamen mir diese Gegenstände irgendwie bekannt vor. Nach längerem Suchen fand ich unter der Holzwolle einen kurzen Brief. Der Absender stellte sich als ein entfernter Verwandter meiner Patin vor und teilte mir mit, daß die alte Dame im Januar verstorben sei. Sie war bei den Weihnachtsvorbereitungen in ihrer Wohnung gestürzt, hatte sich ein Bein gebrochen und war tagelang hilflos am Boden gelegen, ehe ein Nachbar sie vermißte und die Polizei alarmierte. Sie war sofort ins Krankenhaus gebracht worden, aber die Unterkühlung – bei ihr gab es noch Ofenheizung, und niemand hatte das Feuer nachgeschürt – hatte ihr sehr zugesetzt. Zudem war der Bruch kompliziert und heilte nicht mehr. Sie starb wenige Wochen später.

Ihr Verwandter, der auch erst nach längeren Nachforschungen ausfindig gemacht werden konnte, hatte den Haushalt aufgelöst und dabei meinen Brief mit der Einladung zu meiner bevorstehenden Hochzeit gefunden. Er glaubte, mir nachträglich und im Sinne meiner Patin eine Freude mit dem Weinkrug und der Gebäckschale zu machen, ich sollte beides als Hochzeitsgeschenk betrachten und zur Erinnerung an meine Taufpatin behalten. Jetzt wußte ich auch, woher ich den Krug kannte! Sie hatte ihn in ihrem Spiegelschrank stehen gehabt, als Vase, und ein Strauß vertrockneter Rosen steckte darin. »Die werfe ich nie weg«, hatte sie einmal zu mir gesagt, »die sind ein Andenken an einen lieben Menschen«. Jetzt waren die Rosen irgendwo auf dem Müll gelandet, und ich stellte den Krug auf meinen Schreibtisch, als Andenken an einen lieben Menschen. Doch damit nicht genug.

Meine Patin war beim Herrichten der Weihnachtsgeschenke verunglückt. Wo war »meine« Garnitur Unterwäsche geblieben? Nicht, daß ich jetzt noch danach fragte. Aber sie hatte immer alles sehr liebevoll mit Kärtchen versehen. Ihr Neffe, oder wer immer der unbekannte Erbe war, hätte doch eigentlich auch »mein« Päckchen finden und es mir anstandshalber zustellen müssen, viel eher noch als das posthume Hochzeitsgeschenk! Die Angelegenheit ging mir lange nicht aus dem Kopf, aber dann vergaß ich sie eines Tages doch.

Es war etwa zwei Jahre später und es war wieder Weihnachten. Da brachte der Postbote ein Päckchen mit einer mir bekannten Handschrift: den steilen, zierlichen, gotischen Buchstaben meiner Patentante! Das gab's doch nicht! Wo hatte sich die Sendung so lange herumgetrieben?

Ich öffnete sie mit zitternden Fingern und ein bißchen Wehmut im Herzen. Die Gute war also doch noch dazu gekommen, mein Päckchen auf die Post zu bringen. Aber warum war es erst jetzt, zwei Jahr später, angelangt?

Es enthielt die obligatorischen Pralinen, und sie waren nicht einmal grau und verschimmelt! Aber statt der erwarteten Garnitur warmer Unterwäsche, zwei Nummern zu groß, fand ich – und das ist mir bis auf den heutigen Tag unerklärlich – eine Garnitur Babywäsche, himmelblau.

Ich erwartete mein erstes Kind – es wurde ein Bub.

Es gibt Dinge, die kann sich unser kleiner Verstand nicht erklären. Aus dem Jenseits kann man doch keine Weihnachtspäckchen schicken? Oder doch?

Ein Hauch von Rosenwasser vermischte sich mit dem Duft der Adventskerzen.

Schattn unterm Liachtabaam

's Kind in da Krippn vor zwoatausad Jahr –
was konn uns dees heit no bedeitn?
Weihnachtn is nimma so, wia's moi war.
Es ändern se d' Menschn und d' Zeitn.

A Gschäft is draus worn, aus'm Kommen des Herrn.
A jeda wui fleißig vadeana.
Wenn d' Kassn schee klingln, dees hörn alle gern.
Statt Herzen ham manche grood Steana.

Denn gibt's irgendwo moi a Spendenaktion,
was stiftn denn dabei de meistn?
Paar Pfenning, vielleicht gar an Knopf, wia zum Hohn:
denn mehra konn se koana leistn!? –

Es warn doch de Hirtn in Bethlehem hint
ned reicher. Habn trotzdem vui gebm.
Habn teilt eahna Sach mit'm himmlischn Kind,
und 's glangt eahna selm kaam zum Lebm.

D' Geschenker wern heit irgadwo zammakafft,
san alle Jahr größer und teurer:
a ferngsteuerts Auto, a Puppn, de laaft,
a Video-Anlag gibt's heuer.

Fia so vui is Weihnachtn bloß no a Fest,
an dem ma se sauber was leist'!
Vui gessn und trunkn werd, oiwei des Best,
und wo ma am gscheidan verreist.

Sogt's Leit, is' denn wirkle um uns scho so bstellt,
daß jeds an se selber nur denkt?
Daß Sorgn und Kummer vom Nächstn ned zählt,
koa Wort und koa Lächeln ma schenkt?

Der nebn dir geht, is vielleicht alloa?
Wer woaß denn des oft so ganz gwieß?
Mia kanntn doch wieda fia andre was doa,
und ned grod, wenn Weihnachtn is!

An Weihnachtn

Wenn's Weihnachtn is,
dees woaß i ganz gwieß,
is so innig wia nia
dei Denkn bei mir.
Aa i denk an di,
und ans Fenster stell i
fia di hi a Kerz'.
De brennt wia mei Herz.
De leucht' in de Nacht
so staad und so sacht.
Glangt ihr Glanz aa ned weit
über Raum, über Zeit,
kriagst as leicht doch ins Gspür,
daß i nah bin bei dir,
und aa du stellst fia mi
a Kerzerl wo hi.

Friahra und heit, zur Weihnachtszeit

(Was d' Oma no woaß)

I woaß no genau, wia's bei uns dahoam war:
Mia Schwestern mit unsane Briada
ham 's Kripperl hergricht. Und auf da Gitarr
spuit d' Muatta uns Weihnachtsliada.

Wer kennt heit no mehr ois de ersten vier Zeiln?
Kaam oana, da trau i ma wettn.
Was soit ma aa dabei no länger verweiln,
wenn's Schallplattn gibt und Cassettn?

Was hod denn uns Kinder as Christkindl bracht?
Mia warn unsa seinazeit sieme.
Paar Handschgal, a Mützn, zur Heilign Nacht.
Orangen warn fia uns da Himme!

Damit konnst am Kind vo heit ned imponiern.
Wer trogt no a selbergstrickts Gwand?
Da miassat ma's scho mit was Bsonderm probiern,
sonst flackert dei Sach umanand.

Platzl ausstecha, Teig schlecka, probiern.
De ganze Familie huift zam.
Und weil's gar so guat war, da konn's scho passiern,
daß mir bis zum Fest nix mehr ham.

A Christbaam aus Plastik. Riacht der denn nach Woid,
wia der, den da Vatta hod gschlogn?
A richtige Fichtn, de nadlt hoid boid,
konn d' Wohnzimmerwärm' ned vadrogn.

Zur Christmettn san ma durch kniatiafn Schnee.
Da Vatta voro, trogt d' Latern.
Mir warn voll Erwartung, und ois war so schee.
Am Himme, da glitzern de Stern.

Wer geht heit in d' Mettn? Draußd is' doch so koid.
Ganz niachtan san d' meistn aa nimma.
Na werd hoit a wengl da Fernseh eigschoit,
ma hoit se de Kircha ins Zimma.

De Zeit is ned steh bliebn, de Welt hod se draht,
da Fortschritt hod so vui aufgfressn.
Was friahras moi schee war, so hoamle und staad,
dees soit ma danebn ned vagessn. –

Da war kein Platz in der Herberge ...

Die alte Frau schlurfte durch die Wohnung. Ihre Schritte hallten, denn die Räume waren leer. Die Bilder waren von den Wänden genommen, die Fenster, ohne Vorhänge, waren nackt. Im größten Raum der Wohnung, dem Wohnzimmer, knipste die Frau den Lichtschalter an. Eine kahle Birne baumelte von der Decke. Der schwere Kristallüster aus böhmischem Glas, in dem sich das Licht funkelnd und regenbogenfarbig gebrochen hatte, war längst verpackt. Ein Antiquitätenhändler interessierte sich dafür. Die Teppiche waren zusammengerollt, der Schrank in seine Einzelteile zerlegt. Die Polstergarnitur, schon abgewetzt und durchgesessen, war in eine Ecke geschoben.

Mit einer liebevollen, beinahe scheuen Geste strich die alte Frau über den rauhen Stoff, ließ ihre Hand über die runden Kanten des Sekretärs gleiten, fast zärtlich. Wie oft hatte ihr Mann, der Gustl, an diesem Schreibtisch gesessen, in alten Fotos kramend, seine Briefmarkensammlung betrachtend.

Morgen, morgen würde ihr das alles nicht mehr gehören. Die Entrümpelungsfirma war schon bestellt. Gerümpel: alles, was ihr dreißig, vierzig, fünfzig Jahre so viel bedeutet hatte, was ihr Leben, ihre Welt ausgemacht hatte. Erinnerungen an jedem Stück.

Mit einem leisen Seufzer schloß sie die Tür wieder hinter sich. Es hatte keinen Sinn, sentimental zu werden. Morgen würde sie in ein Altersheim einziehen – »Seniorenheim« hieß das heute, als ob davon etwas besser würde! Aber es mußte sein. Sie war krank, konnte sich kaum noch auf den Beinen halten: Arthritis –, und da war niemand, der sich um sie kümmerte. Der Sohn, ach ja. Aber der war weit weg. Nicht in Kilometern gemessen, aber manchmal lassen sich Entfernungen nicht in Kilometern ausdrücken.

Die Wohnung war auch zu groß, eine Vierzimmerwohnung. Wie sollte sie die mit ihren nachlassenden Kräften sauber halten?

Und dann die Kohle aus dem Keller vier Stockwerke hinauftragen? Sie schaffte es nicht mehr.
Im ehemaligen Kinderzimmer waren die Möbel, die sie ins Heim mitnehmen konnte. Das Bett vom Hans, ihrem Buben, sein Kleiderschrank. Ein runder Tisch und zwei Stühle. Vielleicht kam ja auch einmal Besuch? Ein Bücherregal, ein Schränkchen, auf das man den Fernseher stellen konnte. Mehr Platz war nicht. Sie würde sich bescheiden müssen. Aber was hat ein alter Mensch schon noch zu verlangen!
Sie würde es gut haben. Die Prospekte versprachen viel. Ein Zimmer, ganz für sich allein, mit großem Balkon und Blick auf den Wald. Betreuung, Pflege im Notfall, Unterhaltung, Kontakte mit Gleichaltrigen. Keine Sorge mehr um die Pflege der Wohnung, der Wäsche. Nicht mehr überlegen müssen, was einzukaufen und zu kochen war. Kochen! Sie lachte leise vor sich hin. Wie lange hatte sie schon nichts mehr gekocht, zumindest nichts Aufwendiges. Für wen? Ihre Bedürfnisse waren gering. Und wenn der Hans kam, der Bub, einmal, zweimal im Jahr, dann hieß es: »Mama, mach dir keine Umständ', wir bringen was mit.« Gegrillte Hähnchen in der Tüte. Erika, die Schwiegertochter, hatte es nicht mit dem Kochen. Keine Zeit, sie war ja berufstätig. Halbtags. Aber da waren die beiden Kinder, der Haushalt, und der Hund und die Gymnastikstunde und die Volkshochschule und, und, und ...
Theres seufzte leise: »Zu meiner Zeit war das anders. Da war eine Hausfrau auch wirklich noch eine Hausfrau, im Haus. Und für niemand anderen da als für den Mann, die Familie, den Haushalt. Aber die Zeit, die moderne Zeit ... «
Die moderne Zeit war es auch, die sie jetzt zwang, ihre Wohnung, ihr Zuhause, aufzugeben, in ein »Seniorenheim« zu ziehen. Ihre Mutter hatte noch bei ihr ihren Lebensabend verbracht. Aber heute war alles ganz anders. Die Wohnungen waren zu klein. Der Hans brauchte sein Häusl für sich, für seine Familie. Die beiden Kinder mußten jeder ein eigenes Zimmer haben. Und sie brauchten auch noch ein Spielzimmer, einen Bastelraum, ein Gästezimmer. Und eine Hilfe, ach Gott, eine

Hilfe war sie ja auch nicht mehr, die alte Theres Neuberger mit ihren 76 Jahren. Es war schon besser so. Aber irgendwo tat es doch weh.
»Wenn ich nur ein bißl besser beinand wär«, dachte sie, während sie in die Küche humpelte. »Aber die Fiaß, die Fiaß wolln halt gar nimmer.«
Das Geschirr, das sie mitnehmen wollte, war sorgfältig in Zeitungspapier gewickelt und in Kartons verstaut. Ein Haferl, um die Milch warm zu machen, eine Tass' und ein Schneidbrettl für ihr Butterbrot hatte sie noch draußen gelassen. Mehr brauchte sie heute und morgen zum Frühstücken nicht mehr. Der Kühlschrank war leer und gähnte sie gelangweilt an. Sie holte die angebrochene Milchpackung heraus und goß den Inhalt in das schwarze Töpferl, schaltete die Herdplatte ein. Zwei Scheiben Brot waren noch da, schon ein wenig vertrocknet, und mit Sorgfalt strich sie den letzten Rest Butter drauf. Das letzte Abendessen in ihren eigenen vier Wänden. Morgen würde alles ganz anders sein. »Wie im Hotel« hatte der Bub gesagt. »Da wirst du bedient und brauchst dich nur noch an den gedeckten Tisch zu setzen.«
Heute war ihr Tisch schnell gedeckt. Als die Milch zu sieden anfing, schüttete sie sie in ihre hohe Tasse mit den blauen, verwaschenen Tupfen, schnitt das Butterbrot in mundgerechte Streifen und fing lustlos, aber gewissenhaft an zu essen. Von irgendetwas mußte der Mensch schließlich leben. Aber es war müßig zu fragen, wofür. Sie hatte längst aufgehört, über den Sinn ihres Daseins nachzudenken.
Dann fiel ihr etwas ein. Sie stand auf. Mühsam, denn wenn sie eine Zeitlang gesessen war, fielen ihr die ersten Schritte immer besonders schwer. Sie holte ihren kleinen Adventskranz aus der Diele und zündete drei Kerzen an. In einer Woche war Weihnachten. Sie würde das Fest im Heim erleben. ‚Da hast du's besonders schön, Mutter. Stell dir vor, ein riesengroßer Christbaum in der Halle. Und bestimmt machen es die Schwestern sehr feierlich für die, die dableiben müssen. Wir können dich heuer nicht zu uns holen. Wir machen Skiurlaub. Ein Glück, daß wir

überhaupt noch ein Quartier bekommen haben. Aber ich muß endlich ausspannen, die Hetzerei im Betrieb macht mich noch ganz krank.'
Die Kerzen flackerten leicht. Theres starrte blicklos hinein, kaute an ihrem Butterbrot, trank in kleinen Schlucken ihre heiße Milch.
Ein Läuten an der Tür schreckte sie auf.
Wer wollte um diese Zeit noch etwas von ihr?
Sollte sie sich ruhig verhalten?
Es läutete noch einmal.
So tastete sie sich hinaus, und jeder Schritt tat ihr weh. Sie spähte durch das Guckloch, aber das Treppenhauslicht war gerade ausgegangen, und sie konnte nichts sehen. Sollte sie öffnen? Man hörte so viel von Überfällen, und gerade auf Rentner und gerade zur Weihnachtszeit.
Es läutete noch einmal, und die Treppenhausbeleuchtung flammte auf. Zögernd öffnete Theres Neuberger die Tür, nicht ohne die Sperrkette vorzulegen.
»Bittschön?«

Eine junge Frau stand da. Schwarzhaarig, fremdartig, in einen viel zu dünnen Mantel gehüllt, der ihren hochschwangeren Leib nicht mehr verdecken konnte.
»Ja?« fragte Theres Neuberger, abwartend, ablehnend.
Eine fremdländische Stimme, eine gebrochene Aussprache: »Haben nichts übrig für mir? Etwas Anziehen, etwas Essen? Mann in Krankenhaus. Nix mehr verdienen. Ich ganz allein. Bitte!« Das Gesicht war jung, blaß, beherrscht von großen, dunklen Augen, feucht, in Tränen schwimmend. Und diese Augen waren alt, uralt, als hätten sie alles Leid der Welt gesehen.
Theres Neubergers erster Impuls war, die Tür zuzumachen. »I hab nix.« Aber dann zögerte sie doch. Lag nicht dort im Wohnzimmer die große Schachtel mit den Kleidungsstücken, die sie weggeben wollte, mußte? Sachen, die dreißig Jahre und älter waren und von denen sie sich nicht hatte trennen wollen, weil Erinnerungen daran hingen. Aber jetzt, jetzt war kein Platz mehr für Erinnerungen. Die Dinge waren für den Lumpensammler bestimmt.
Der Mantel der jungen Frau war zerschlissen, man sah, daß sie darin fror, bei der Kälte, die draußen herrschte.
»Oan Moment«, sagte Theres und schloß die Tür. Man konnte das fremde Gesindel doch nicht hereinbitten!
So schnell sie ihre müden Beine tragen wollten, humpelte sie ins Wohnzimmer. Da mußte auch noch ihr alter Pelzmantel sein. Er war einmal ihr ganzer Stolz gewesen. Ihr Mann, der Gustl, hatte ihn ihr gekauft, als er zum Postsekretär befördert worden war. Heut war das ehemals gute Stück durchgewetzt und räudig. Es war wirklich kein Staat mehr damit zu machen. Aber warm war er noch. Damals, als sie ausgebombt worden waren, vor – wie lang war das schon her? Bald vierzig Jahre! Mein Gott, wo war die Zeit geblieben? Hatte sie ihren Buben, den einzigen, den Hansl, drin eingewickelt, im bitterkalten Winter. Sie hatte sich nie davon trennen können, aber heute . . . Nur noch Tand.
Sie öffnete die Tür und streckte der fremden jungen Frau den abgeschabten Pelzmantel entgegen. »Da, der is gwieß noch recht warm.«

Ein schüchternes »Danke« und dann die Frage: »Haben vielleicht Essen? Irgendwas. Ich haben Hunger.«
‚So san s', de Ausländer', schoß es Theres Neuberger durch den Kopf, ‚kaum gibst eahna den kloan Finger, wolln s' scho de ganze Hand.'
»Naa, i hab nix«, kam es daher recht barsch. Und eigentlich stimmte das ja auch. Das letzte Haferl Milch, die letzten Scheiben Brot hatte sie gerade selbst zum Abendessen gehabt, und was noch da war brauchte sie zum Frühstück. Sie sah in die schwarzen Augen und zuckte hilflos die Schultern, schloß in einer Aufwallung von Ärger die Tür. ‚Werd ihr scho wer was gebm, dem Bettelweib. Wär s' doch dahoam bliebn, da, wo s' herkommt.'
Aber sie fühlte sich unbehaglich. Die Sache ließ ihr keine Ruhe. ‚War dees vielleicht a guade Tat, war dees Nächstenliab, an oidn, schäbigen Pelzmantl herzschenkn? Aber i hab ja sonst nix ghabt!' versuchte sie sich selber zu beruhigen.
Wirklich nicht? War ihre Stube nicht warm? Hätte sie nicht im Wohnzimmer das Bettzeug auf der Couch herrichten können?
‚Freile, 's Gsindl ins Haus holn und Läus' und Flöh'! Am Schluß erklärn s' mich noch für unzurechnungsfähig. Oder ihr Mann, der angeblich im Krankenhaus liegt, wart hinter der Gangeckn, und sie laßt 'n dann rein. Und sie schlagen mich nieder, wo ich doch heut das Geld für'n Umzug und den Einstand im Heim in der Taschen hab! Zu essen war ja wirkle nix mehr da, aber ein paar Markl hätt ich ihr geben können!'
Theres Neuberger fand keinen Schlaf. Die großen, dunklen, feuchten Augen der fremden Frau verfolgten sie in ihre Träume.
So stand sie sehr früh auf, viel zu früh für den Umzug ins Seniorenheim. Aber es gab ja noch so viel zu erledigen. Gab es das wirklich? Zumindest den Mülleimer konnte sie hinuntertragen.
Der Weg zum Tonnenhäusl war glatt. Noch hatten die Hausmeister den Schnee der letzten Nacht nicht weggeräumt, noch nicht gestreut. Theres Neuberger ging vorsichtig, Schritt für Schritt, und sie sagte sich: ‚Des is as letzte Moi'. Um neun waren die Möbelpacker bestellt und der Mann von der Entrümpelungs-

firma. Gerümpel: was sich im Laufe ihres Lebens angesammelt hatte, woran ihr Herz gehangen hatte. Es gab ihr immer noch einen Stich.

Sie erreichte das Mülltonnenhäusl. Eine diffuse Dämmerung herrschte hier, der neue Tag zögerte noch mit seinem Anbruch. Theres öffnete eine der Klappen des Großraumcontainers. War da nicht irgendetwas gewesen? Ein leises Wimmern! Sie hielt einen Moment inne, zögerte. Nein, da war nichts. Sie hatte sich getäuscht. Sie kippte den Inhalt ihres Mülleimers aus – stockte. Da war es wieder. Ein leises, maunzendes Weinen, wie von einer jungen Katze.

Junge Katzen, jetzt um diese Zeit?

Sie lauschte. Ließ ihre alten Augen, die wirklich nicht mehr gut sahen, umherstreifen, und dann entdeckte sie etwas, das ihr für einen Moment die Galle hochtrieb. Da lag ihr Pelzmantel. Der, von dem sie sich gestern getrennt hatte. Das uralte Stück, das ihr doch so viel bedeutet hatte, weil es mit Erinnerungen verbunden war. Die Bombennächte, der Hansi, ganz klein war er noch gewesen, damals ...

Jetzt wieder das Wimmern.

Sie ging auf das Bündel zu, das in der hintersten, dunkelsten Ecke lag, schlug den Mantel auseinander.

Ein Kindl lag da, neugeboren, nackt, bloß, fast blau von der Kälte. Ein Bub.

»Hansl«, flüsterte sie, »Hansl«, als wär's ihr Bub. Geboren vor vierzig Jahren in einer Bombennacht, eingewickelt in einen Pelzmantel, der damals noch so gut wie neu gewesen war. Über zehn Jahre hatten sie und der Gustl vergeblich auf ein Kind gehofft, und dann, als es wirklich besser gewesen wäre, keine Kinder zu haben, war er gekommen, der Bub ...

Hastig, als hätte sie etwas gestohlen, eilte die Neubergerin in ihre Wohnung hinauf. Auf einmal hatte sie keine Schmerzen mehr in den Beinen. Das Weibsstück, das Bettelweib, einfach das Kindl aussetzen, in der Kälten! Im Mülltonnenhäusl, als wär's Abfall! Das bißl Leben – und doch der größte Schatz der Welt! Das Büberl mußte doch Hunger haben! Was hatte sie noch, die Neubergerin? Ein Schluckerl Milch. Das mußte verdünnt werden, sonst bekam's dem kleinen Magen nicht. Und dann eines der weichen, morschen Geschirrtücher als Windel, die mollige Nachtjacke zum Einwickeln, damit's das Hascherl warm bekam.

In einer Stunde kam der Möbelwagen, der Entrümplungsmensch.

Sie war doch viel zu alt, noch einmal ein Kind aufzuziehen! Es mußte in ein Heim.

Genau, wie sie in ein Heim mußte.

‚Uns kann niemand brauchen', flüsterte sie.

Aber dann strafften sich ihre alten, gebeugten Schultern.

‚Denen werden wir's zeigen, ned wahr, Hansl?'

Huschte nicht so etwas wie ein Lächeln über das faltige, neugeborene Kindergesichtl? Kaum größer als ein Handteller war's. Alt war's und weise und irgendwie zufrieden mit der Welt, die es so kalt empfangen hatte.

Die Neubergerin ging zum Telefon. Zuerst einmal die Polizei.

»Ein Kind hab' ich gfundn. Ja. Im Mülltonnenhäusl. Aber sie dürfen's mir nicht wegnehmen. Ich möcht dafür sorgen dürfen!'

Dann den Möbelwagen abbestellen, den Entrümpelungsdienst. Im Altersheim, pardon ‚Seniorenheim', absagen. ‚Ich brauch Sie nicht mehr, ich hab' jetzt eine Aufgab'.

‚Ob ich das schaff'? Freilich, ich bin marod, und zumuten wird mir das niemand mehr. Aber wo ein Wille ist, ist auch ein Weg. Das Kind geb' ich nicht mehr her. Das gehört mir. Das ist mein Christkindl. Eingewickelt in meinen Pelzmantel, hab' ich's gefunden. Unzurechnungsfähig? O nein, ich hab' schon noch meinen klaren Verstand. Ich weiß, daß's schwer werden wird. Vor allem wegen der Arthritis. Aber seine Mutter, die muß doch zu finden sein! Weit kann s' nicht sein. Sie ist sicher noch ganz schwach von der Entbindung. Ganz allein hat sie 's Kind zur Welt bracht, niemand hat ihr geholfen. In der Nacht, in einem Mülltonnenhäusl. Das muß doch schlimm für sie gewesen sein, keinen Platz zu haben, wo man hingehört! Und dann das Kind dalassen zu müssen, weil man keinen Ausweg mehr sieht.

Aber einen Vater hat's doch auch, das Christkindl. Der ist im Krankenhaus. Und arbeitslos. Ausländer. – Aber was macht das schon? Sind das nicht auch Menschen wie du und ich? Menschen, die Anspruch auf Wärme und Zuneigung haben? Meine Wohnung ist groß genug. Ich nehm sie auf. Alle drei!
Hat nicht die Heilige Familie vergeblich nach einer Herberge gesucht? Und haben sie nicht nur einen vergammelten Stall gefunden? Meine Wohnung ist kein Stall! Ich bin reicher als die Hirten auf dem Felde, die ihr weniges mit dem himmlischen Kind geteilt haben. Der Hansl ist gewiß kein himmlisches Kind, sondern ein sehr irdisches, ich glaub, er muß schon wieder frisch gewickelt werden!'
Die Mutter des Bübchens wurde ausfindig gemacht. Und die Neubergerin hielt, was sie sich selber versprochen hatte: sie nahm die kleine Familie bei sich auf. Das Kind wurde auf gut bayrisch getauft: Hansl, Johannes, der alten Theres Neuberger zuliebe, die ihnen Heimat und Unterschlupf gab und die sie ehrten und achteten, wie es einem alten Menschen zukam, dort, wo sie herkamen, aus einem fremden Land.

Weihnachtslegende

Vor langer Zeit in Bethlehem,
wia d' Bibel uns vazählt,
da hat's des größte Wunder ge'm,
da Heiland kimmt auf d' Welt.

Da Josef hat auf d' Roas se gmacht,
hochschwanger war sei Wei.
Okemma san s' erst bei da Nacht,
koa Herberg war mehr frei.

Sie fragn da, sie fragn dort,
furt jagt ma s' mit de Hund'.
Koa Liegerstatt im ganzen Ort?
I moan, dees hat sein' Grund!

Im Stall werd 's Christkind na geborn,
von Ochs und Esl gwarmt,
und d' Hirtn san de Zeugen worn,
de Ärmstn hat's dabarmt!

Des Kind kennt doch an Himmelssaal
mit Liacht und Glanz und Goid!
Und jetzad liegt's im arma Stall,
im Kripperl hart und koid!

Ois oanzigs Liacht a heller Stern,
der überm Stadl steht. –
Feierts ihr jetzt d' Geburt des Herrn,
vageßts de Arma ned!

Kaam 's Christkindl in unsrer Zeit,
– ois Gastarbeiterkind –,
wer hätt' a Liegerstatt bereit?
Wo's dann a Aufnahm' findt?

Eine ungewöhnliche Weihnachtsgeschichte

Die Wintersonne schien durch die großen Fenster der Werkstatt. Matthias Leitner pfiff leise vor sich hin. Unter seinen Händen nahm die Figur des heiligen Josef Gestalt an. Mit leicht vorgebeugtem Oberkörper sollte er an der Krippe stehen, die rechte Hand schützend über das Licht der Laterne gehalten, damit dieses das Jesuskind nicht blendete. Ein ehrfürchtiges Staunen, beinahe ein Nichtbegreifen in den Zügen. Ein alter Mann? Nein, gar zu alt wollte er ihn nicht machen, der Hias, denn wie könnte sich so ein junges, zartes, unschuldiges Mädchen wie die Maria einen alten Mann aussuchen?
Er selber, der Matthias, war ja auch noch nicht alt. Ein bißchen über vierzig, eben in den besten Jahren. Und seine Claudia? Nun ja, freilich, sechzehn Jahr waren da schon dazwischen, aber was zählten die Jahre, das erste Silber in den Haaren, wenn man wußte, man gehörte zusammen?
Morgen war Weihnachten, und morgen würde sie kommen, vom Bahnhof würde er sie abholen und zuerst einmal hierher bringen, in seine Werkstatt, denn hier würde sie ihr Weihnachtsgeschenk finden. Eine Krippe hatte er für sie geschnitzt. Schon im September hatte er damit angefangen, damals, als sie wegfuhr, um in der Stadt »ein neues Leben« anzufangen, wie sie gesagt hatte. Seither hatte er sie nicht mehr gesehen, und geschrieben hatte sie auch nur selten. Sie hatte eben viel Arbeit, und die neuen Eindrücke, das Eingewöhnen, das Einleben . . .
Aber er würde sie wieder zurückholen, hierher, an seine Seite. Das Leben in der Großstadt konnte ihr doch nicht gefallen, die Hektik, der Lärm, die schlechte Luft!
Hier war sie daheim!
Angedeutet hatte er es schon, damals beim Abschied auf dem Bahnsteig, aber morgen würde er es ihr sagen: »Claudia, du

gehörst zu mir. Seit meine Mutter gestorben ist, ist mein Häusl leer. Ich brauch dich, als Hauserin und als Mutter meiner Kinder. Es is gewiß nimmer zu früh für mich. Aber schau, solang mich die Mutter gebraucht hat, hab' ich nicht an mich denken dürfen. Jetzt ist sie heimgegangen, und jetzt denk ich an mich, jetzt will ich auch leben! Aber ein Leben ohne dich gilt nix für mich. Drum komm, bleib bei mir. Schau dir die Maria an. Ich hab' versucht, ihr dein Gesicht zu geben. Ich weiß nicht, ob mir das gelungen ist, aber genau so stell ich mir's vor, wenn du dich über die Wiege beugst, in der unser erstes Kindl liegen wird. Die Wiege steht auf dem Speicher und wartet schon seit Jahren drauf, wieder neues Leben schaukeln zu dürfen. Claudia, bitte, bleib bei mir und ich versprech dir alles Glück, das ich dir geben kann.« So würde er mit ihr reden, der Leitner Matthias, und Claudia würde vielleicht die langen blonden Haare unter der Pelzkappe ein bißchen schütteln und ihn mit ungläubigen blauen Augen ansehen, aber dann würde sie sagen: »Ja, Hias, ich möcht' bei dir bleiben. In der Stadt gefällt es mir nicht. Alles ist anders, als ich es mir vorgestellt hab'.«

Matthias Leitner wollte gerade die rechte Hand des heiligen Josef noch deutlicher ausarbeiten, als seine Haustürglocke läutete. Er sah auf die Uhr. Aha, der Post-Martl war auf seinem Rundgang. Ein paar Rechnungen oder Bestellungen waren

immer in seiner Briefträgertasche für den Matthias, und dieser hatte seinerseits immer ein Schnapserl für den Martl parat und einen kleinen Schwatz in der Werkstatt. Der Post-Martl war ein großer Bewunderer von Leitners Schnitzkunst.
Diesmal hatte er aber einen merkwürdig verhuschten Blick in den braunen Augen, und trotz der rotgefrorenen Nase war er nicht zum Eintreten und zu einem Obstler zu bewegen: »Naa, dankschön, Hias, i muaß weiter. Vui Post heit, woaßt scho, Weihnachten und so.« Schon schwang er sich wieder auf sein Radl und rutschte mehr, als er fuhr, ums nächste Hauseck.
Matthias besah sich die Briefe, die ihm der andere in die Hand gedrückt hatte. Firmenschreiben, wie üblich. Doch da, ein blaues, längliches Kuvert, Claudias Handschrift. Was hatte sie ihm zu schreiben, wenn sie morgen doch sowieso kommen würde?
Unschlüssig wendete Matthias Leitner den Brief in seinen klobigen Fingern, die doch so feine Schnitzereien zustandebrachten. Gedankenverloren starrte er zum Fenster hinaus. Die Sonnenstrahlen tanzten funkelnd im Schneefeld vor seinem Haus und hatten einen Lichtkranz um die nahen Berggipfel gewoben. Dann nahm er sein Schnitzmesser und schlitzte den Brief auf. Schwerfällig setzte er sich auf seinen dreibeinigen Hocker und begann zu lesen:

»Lieber Matthias!
Ich weiß gar nicht, wie ich anfangen soll, es ist alles so unendlich schwierig.
In drei Tagen ist Weihnachten, und da wollte ich eigentlich heimfahren, und Du wolltest mich abholen vom Bahnhof und mich etwas fragen. O ja, ich kenne Deine Frage, obwohl Du sie noch nicht gestellt hast! Warum nur, Hias, warum hast Du sie nicht gestellt? Schon damals, als ich weggefahren bin? Vielleicht wär' ich gar nicht gefahren? Vielleicht hab' ich nur darauf gewartet, daß Du fragst? Vielleicht red' ich mich aber jetzt auch nur 'naus und will Dir eine Schuld in die Schuhe schieben, die Du wirklich nicht hast. Denn schuld bin nur ich allein.

Hias, ich kann nicht mehr zurückkommen! Ich kann Dir auf Deine Frage nicht mehr reinen Herzens antworten. Ich kann nicht mehr ja sagen, obwohl ich es damals, vor vier Monaten, so gern getan hätte, wenn Du mich nur gefragt hättest! Inzwischen erwarte ich ein Kind von einem anderen. Ich habe es letzte Woche erst erfahren. Er ist verheiratet und wird mich niemals heiraten. Ich glaube nicht, daß ich für ihn ein Abenteuer war. Es war wie ein Rausch, für uns beide. Wir haben alles vergessen, er seine Familie und seine Kinder und ich Dich. Ich bin schuldig geworden und doch wieder nicht. Ich hab' Dich sehr gern, Matthias, aber die richtige Liebe, die, die alles verbrennt, die hab' ich erst durch ihn kennengelernt. An Deiner Seite, das wäre Sicherheit und Geborgenheit gewesen. Zufriedenheit und vielleicht auch im Laufe der Jahre Gleichförmigkeit und Gleichgültigkeit. Jetzt habe ich gar nichts mehr, denn ich habe ihn zu seiner Familie zurückgeschickt. Es ist mir nicht leichtgefallen, es ist ihm nicht leichtgefallen, das weiß ich. Er ist nicht leichtsinnig, nicht verantwortungslos, und gerade darum mußte ich ihn verlassen. Ich werde das Kind bekommen, weil es das Kind einer einmaligen Liebe ist, aber ich bin nicht so schlecht, es Dir als das Deine unterzuschieben. Das hast Du nicht verdient.
Ich weiß, daß ich Dir sehr, sehr wehtun muß, und ich hoffe, Du kannst mir irgendwann einmal verzeihen.
Wir werden uns nicht mehr wiedersehen. Ich hatte eine Zeitlang geglaubt, mein Weg wäre auch der Deine, aber ich habe mich getäuscht.

Trotzdem: Deine Claudia«

Matthias Leitner zerrupfte den Brief in tausend Fetzchen und ließ sie wie blaue Flocken auf seine Werkbank und den Fußboden rieseln. Was blieb ihm jetzt noch? Die Krippe für Claudia? Mit einer Handbewegung wischte er die Figuren vom Tisch. Nur der heilige Josef blieb stehen und hielt die unvollendete Hand über das Laternenlicht.
Wie aufgezogen streifte Matthias Leitner seinen grünen Schurz ab, hängte ihn an den Nagel neben der Tür, ging hinüber in die

niedrige Stube. Den Christbaum hatte er schon geschmückt, für Claudia. Sie würde nicht kommen! Er ging in seine Schlafkammer, zog die derben Schuhe an, schlüpfte in die gefütterte Jacke. Und dann ging er aus dem Haus, ließ die Tür hinter sich ins Schloß fallen, ohne zuzusperren. Die Leute, die ihm auf seinen Weg begegneten, ihn grüßten, blieben verwundert stehen. Er schien durch alle hindurchzusehen und ging unbeirrt weiter, antwortete auf keine Frage, auf keinen Scherz.
Die Waldwege waren verschneit, stellenweise vereist. Sein Atem hing in einem kleinen, dunstweißen Wölkchen vor seinem Gesicht. Er war sich nicht bewußt, wohin er ging, und als er vor der Hütte stand, die ihm im Sommer oft als Unterstand und Nachtquartier gedient hatte, holte er ganz automatisch den Schlüssel vom Querbalken über der Tür und schloß auf.
Finster war es herin und kalt. Nichts hatte er dabei, keine Brotzeit, keinen Schnaps, kein Feuer, kein Licht. Aber was brauchte er noch? War nicht alles inzwischen für ihn sinnlos geworden? Claudia, seine Claudia erwartete ein Kind von einem anderen! Und es hätte doch sein Kind sein sollen! Was hatte sein Leben noch für einen Sinn, ohne sie?
Aber andererseits, war es nicht vermessen gewesen, von einem jungen Mädchen zu erwarten, es würde auf seine Erklärung, seinen Antrag warten? Nahmen nicht alle, was sie bekommen konnten? Und das gleich und sofort? Claudia, seine Claudia! Sie war also auch nicht besser als die anderen! Ein Kind von einem verheirateten Mann! Freilich, der machte es sich bequem und entdeckte dann, als er Verantwortung übernehmen sollte, die Verantwortung für seine Familie! Was hätte sie für ein Leben bei ihm, Matthias, haben können! Und was erwartete sie jetzt? Eine ledige Mutter in der Stadt. Das Kind in der Krippe ...
Das Kind in der Krippe, das Kind in der Krippe, das Kind in der Krippe ...
Dieser Satz ging ihm nicht mehr aus dem Kopf.
Kalt war es herin, und trotz der wattierten Jacke begann Matthias Leitner zu frösteln. Er ging ans Fenster. Da draußen schwankte ein Lichtschein über den Schnee. Er hielt gerade auf

seine Hütte zu. Wer war so spät noch unterwegs? Sollte ihn jemand suchen? Es wußte doch keiner, wo er war.
Das flackernde Licht kam immer näher, und schließlich erkannte Matthias den vorgebeugten Schatten eines Mannes. Schon klopfte es an die Hüttentür.
Ein paar Augenblicke besann er sich noch. Er wollte doch allein sein! Was wollte der nächtliche Wanderer von ihm? Was suchte der hier in der Bergeinsamkeit?
Doch dann ging Matthias Leitner zur Tür und öffnete. Im diffusen Licht der flackernden Laterne kam ihm der Mann merkwürdig bekannt vor. Wo hatte er ihn schon gesehen? Der andere trat ein, ohne ein Wort zu sagen, sah sich um und stellte dann seine Laterne auf den Tisch. Das Licht tauchte den Raum in einen beinahe unwirklichen Schein, in dem die Schatten verschwammen.
»Kalt ist es hier«, sagte der Fremde, und seine Stimme klang, als wäre sie das Sprechen nicht gewohnt.
»Holz ist im Kamin«, antwortete Matthias, »aber ich hab' die Streichhölzer vergessen.«
»Wir haben ja das Laternenlicht« entgegnete der andere, »vielleicht können wir damit ein Feuer machen?«
Matthias beugte sich vor, hielt einen Span in die flackernde Flamme, der sofort zu glühen und dann zu brennen anfing. Feuerschatten tanzten die Hüttenwände entlang.
Der Fremde hatte sich auf die Ofenbank gesetzt, sein Gesicht, seine Gestalt blieben im Dunkeln.
»Wer bist du?« fragte Matthias. »Ich hab' dich noch nie gesehen, und trotzdem kommst du mir so bekannt vor.«
»Ich bin Josef.«
»Josef? Und wie weiter?«
»Nichts weiter.« Der Fremde hatte seine rechte Hand unter die Falten seines Gewandes geschoben.
»Und warum kommst du so spät hier herauf?«
»Du bist doch auch da.«
»Ja, ich bin auch da, aber das is mei Sach und geht dich nichts an! Was willst hier?«

»Ich hab' mir gedacht, ich könnt' dir helfen.«
»Du mir helfen?« Matthias lachte bitter. »Was willst mir helfen, wennst nichts weißt und nichts verstehst!«
»Wer sagt dir denn, daß ich nichts versteh?«
»So?« rief Matthias mit spöttischer Bitterkeit, »hat dein Madl auch von einem andern ein Kind bekommen?«
»Genau so war's«, sagte der andere, der sich Josef nannte. »Und ich weiß, wia des is. De Zweifl und de Hoffnungslosigkeit. Jegliches Gottvertrauen verlierst! Und doch, de Liab, de Liab is viel stärker! Du, für das Deandl is' aa ned leicht! Glaub nur ja dees ned! De is zrissn, genau wia du! De woaß nimmer aus no ei, aa wenn s' no so stark duad! Da gibt's nur oans. Hol s' hoam, zoag ihr, wo s' dahoam ist!«
»Mit dem Bankert, dem fremden?«
»Ja, mit dem fremden Kindl! Jetz grad extra! Laß doch de Leut rätseln und tuscheln! Was gehn euch die Leut an! Wennstas gern hast, dei Deandl, so richtig von Herzensgrund gern, na fragst need nach, na tragst nix nach, na nimmst as zu dir, gibst ihr a Hoamat und dem Kind dazua, denn dees konn am wenigsten dafür!«
»Mir is so schwindlig, Josef! I kann fast nimmer denken. Was versteckst denn dei Hand immer in deiner Kutten?«
»Da hab i an kloana Wehdam, woaßt, de Hand is ned ganz fertig worden.«
»Ned ganz fertig worden? Ned ganz fertig worden, ned ganz fertig ...«
Die Hütte fing an, sich um Matthias Leitner zu drehen.

Am Mittag des anderen Tages, des Weihnachtstages, haben sie ihn gefunden, den Matthias Leitner, in der Sonnberghütten, wohin er sich geflüchtet hatte, um mit seinen Gedanken allein zu sein. Der Post-Martl hatte sich über die unverschlossene Haustür gewundert, und die Leute, die ihm auf seinen Weg begegnet waren, hatten sich erinnert, wohin er gegangen war.

Die Figur des heiligen Josef, an der er zuletzt geschnitzt hatte, stand auf der Ofenbank. Matthias fieberte und stammelte immer nur: »A Telegramm, a Telegramm an d' Claudia!
Sie soll hoamkemma, zu mir! Alles is guad!«
Getreulich gab Martl das Telegramm auf, und als der Hias aus seinen Fieberträumen kurz erwachte, weil ihm eine sanfte Hand den Schweiß von der Stirn wischte, murmelte er nur: » Claudia!«
Die brennenden Kerzen am Weihnachtsbaum woben einen lichten Schein um ihr helles Haar.

Mei Weihnachtsgschenk

Komm mit, i mecht da heit was schenkn,
a ganz a bsonders, seltns Gschenk.
Sag, konnst da du dees ned scho denkn,
an was i dabei hoamle denk?

Mach d' Augn zua, laß di von mir loatn.
I hoit di fest an deina Hand.
I mecht vor deine Sinn' ausbroatn,
was i dir schenkn mecht, ned kannt.

Schmeckstas ned scho,
de brenntn Mandln?
Weigt di ned aa da Glühwein o?
Riachst ned 's Maroni-Oferl brandln,
den Kräutergruch vom Guatlmo?

Jetzt schaug! Siegst, wia de Kerzn glanzn
am metahohen Tannabaam
und wia de weißn Flockn tanzn
im Liacht? Dees is mei Wintadraam!

Den Weihnachtsmarkt mecht i dir gebn.
Strohsterndl, Kugln, Flittergoid.
Dei Freid, de mechat i dalebn.
Ois konnst du ham, was dir heit gfoit!

Laß uns mitnanda duachewandern
und riacha, schmecka, stauna, schaugn.
Und Freid ham, an da Freid vom andern,
ois schenkn, kaffa mit de Augn!

Guads oids Jahr

Du guads oids Jahr, bleib nomoi steh
in deina letztn Stund!
I muaß da sogn, du warst so schee
und hast ma vui vagunnt.

Nix hast ma gnomma, grod mei Ruah,
hab mi bloß selm valorn.
Und was d' ma gebn hast, war vui gnua,
mei Zeit is reicher worn.

A Glück aus Glas, scho mit am Sprung,
weil's mir doch niamois ghert,
a kloane Liab. D' Erinnerung
da dro is ois mir wert!

Daß i drum gwoant hab in da Nacht,
daß i glückselig war,
daß 's Lebn i gspürt hab, hast ma bracht!
I dank da, guads oids Jahr!

Am Feuer

As Jahr richt se zum Furtgeh zam,
da Wind de Flockn treibt.
Wia gmiatle mia's herrinna ham,
wenn's draußdn waht und schneibt!

Gib no a Scheitl Hoiz in d' Gluat,
s' is fast scho niedabrennt.
As Feuer knistert, werkt und duad,
moit Schattn an de Wänd'.

As Jahr steht boid scho in da Tür,
ois geht, wia's muaß, sein Gang.
Herr, nimm dei Hand ned furt von mir,
mach d' Schattn ned zu lang.

Schenk uns in dene koidn Dog
und in der rauhen Zeit
a Feuer, des uns wärma mog,
und Liacht in d' Dunklheit.

Neujahr

Es riacht nach Feuerwerk und Zunder,
vagossns Blei liegt umanand.
As oide Jahr wirft ab sein' Plunder,
schlupft eine in a neies Gwand.

A jeda mecht den Vorhang lupfa
und hintreschaugn, was eahm dawart.
Werd uns as Schicksal richde rupfa?
Bleibt uns a traurigs Los daspart?

Doch meistens is der ned da Gscheida,
der oiwei bloß aufs Morgn specht,
der oiwei drängt: »Jetz, Zeit, geh weida!«
Am Heit, da is eahm gor nix recht.

I frog koa Blei und konn's dawartn,
was' ma no bringt, as neie Jahr.
Es werd scho richtig gmischt ham d' Kartn.
Ned schlechter, wia's im oidn war.

Schenkt mir as Glück, was eahm in' Sinn kimmt,
und is' leicht aa a oida Huat,
waar i da letzte, der 's ned hinnimmt.
Am End is' doch fia ebbas guad.

Bloß oans, dees daad i gern erreichn,
dees wünsch i mir vom neia Jahr:
daß' mi ned aus da Listn streichn,
daß dees Jahr ned mei letztes waar!

Ein neuer Anfang

Der alte Doktor Berger hatte freiwillig den Silvester-Notdienst übernommen. Er war allerdings schon pensioniert, soweit man das von einem Arzt sagen kann, denn ein richtiger »Nothelfer« ist immer im Dienst, und sei's auch nur mit einem guten Rat, wenn er diesen oder jenen seiner früheren Patienten auf der Straße trifft.
Leicht war es ihm nicht gefallen, seine Praxis an einen jungen Kollegen zu verkaufen. Wenn man vierzig Jahre für andere dagewesen ist, viele Patienten von Kindheit an kannte, manchmal vielleicht sogar mehr wußte als der Beichtvater ... Aber irgendwann einmal mußte man selber Zeit zum Leben haben, nicht immer nur dienen, die eigenen Vergnügungen, die Familie, die Freunde vernachlässigen. Nicht aus bösem Willen, o nein, eher aus zu gutem Willen, den fremden Sorgen und Nöten gegenüber. Manchmal war er sich richtig ausgenutzt vorgekommen. Und doch, jetzt fehlte ihm etwas. Er war direkt dankbar gewesen, als ihn sein Nachfolger etwas verlegen gebeten hatte, an seiner Stelle den Notdienst zu übernehmen. Er wollte sich verloben und seiner Braut die geplante Feier nicht verderben. Sie würde noch sehr oft zurückstecken müssen, wenn sie erst die Frau eines Landarztes war.
Wieviel hatte er sich vorgenommen! Und für manches war es jetzt zu spät. Für die Reisen, die er immer gerne gemacht hätte, in Länder, die er nur von aufwendigen Bildbänden her kannte. Das Herz wollte nicht mehr so recht. Und dann, er war allein. Seine Frau war vor einem halben Jahr gestorben. Das war sehr schlimm für ihn gewesen, zu wissen, daß es von nun an keine Hilfe mehr gab, daß er alleine zurückbleiben mußte. Die Kinder waren erwachsen und aus dem Haus. Die Tochter in Amerika verheiratet. Der Sohn irgendwo auf einem Schiff unterwegs, als Spezialist für Ölbohrungen. Der jüngste Sohn war von einem Skiurlaub nicht mehr nach Hause gekommen. Eine Lawine hatte

ihn verschüttet, er konnte nur noch tot geborgen werden. Das war schon Jahre her. Achtzehn war Felix damals gewesen. Felix, der Glückliche. Aber vielleicht ist es ein Glück, jung sterben zu dürfen und nicht im Alter von einer Bürde von Erinnerungen niedergedrückt und belastet zu werden?
Alexander Berger ging durch die Praxisräume, die einmal sein eigen gewesen waren. So viel hatte sich hier verändert. Wolf Mayerhofer, sein Nachfolger, hatte modernisiert. Es gab Instrumente, mit denen Doktor Berger fast nichts anzufangen wußte. Sicher, er hatte seine Praxis nicht vernachlässigt, das konnte ihm niemand vorwerfen. Er war immer bemüht gewesen, für seine Patienten das Bestmögliche zu tun, aber sehr vieles war eben auch eine Geldfrage gewesen. Eine Landpraxis, am Stadtrand, wo mancher »Privatpatient« noch mit Eiern und Hühnern bezahlte und die Rechnung ein Jahr und länger stehen ließ, die konnte beim besten Willen nicht immer auf dem neuesten Stand der Wissenschaft sein.
Eigentlich war Berger froh, diese Sorgen loszusein. Er konnte sich endlich seinen Hobbies widmen, ein bißchem malen, viel lesen, und nicht nur Fachbücher und Fachzeitschriften! So viel war in den Jahren liegen geblieben und nachzuholen. Und doch ... warum hatte er so spontan ja gesagt, als ihn sein Nachfolger fragte, ob er nicht den Silvester-Notdienst übernehmen wolle? Natürlich gegen entsprechende Entschädigung, usw. usw.
Doktor Berger hatte sowieso nichts anderes vorgehabt. Und ob er nun die Silvesternacht allein in seiner Fünfzimmereigentumswohnung verbrachte oder hier in seiner ehemaligen Praxis?
Doktor Mayerhofer war jung. »A frisch Gfangter«, hatte Berger schmunzelnd bei sich gedacht. Voller Auftrieb natürlich und voller Tatendrang. Aber Berger kannte seine Patienten, die wollten sich nur schwer an etwas Neues, einen anderen Doktor, gewöhnen. Er hatte versucht, seinem Nachfolger so gut wie möglich zu helfen. Aber konnte er mehr tun, als den Leuten, die ihn auf der Straße ansprachen, die zu ihm in die Wohnung kamen, sagen: »Gehts zum Mayerhofer, dees is jetz euer Doktor!«?

Die Jungen, die Neuzugezogenen, ja, die waren vielleicht sogar froh gewesen, einen »modernen« Doktor zu bekommen. Aber die alten, die »ihren« Berger schon gewohnt waren, denen fiel es schwer, sich umzustellen. »Mei, woaßt scho, Doktor, du kennst mi in da Untawasch, aber da ander?«
Gedankenverloren strich er über das Mikroskop. Es war nicht mehr seines, es war ein hochmodernes Elektronenmikroskop. Ob das die Praxis »trug«? Überhaupt, der junge Kollege mußte bis über den Stehkragen in Schulden stecken! Aber was ging das ihn an? Vielleicht hatte er eine reiche Braut, weil ihm die Silvester-Verlobung gar so dringlich gewesen war?
Berger lächelte. Seine Annemarie war Buchhalterin gewesen. Hatte sofort in der Praxis mitgearbeitet, als er anfing. Er konnte ihr kein Gehalt bezahlen, die Einkünfte waren knapp, und abends gab's oft nur Spiegeleier oder Rühreier oder Pfannenkuchen ...
Bis jetzt war es noch ruhig gewesen. Der Schmidtmeier aus Wertach hatte wegen eines Asthmaanfalls telefoniert. Berger wußte, daß es nur eine Allergie gegen Katzenhaare war. Aber Schmidtmeier war, wie schon immer, nicht dazu zu bewegen, seinen

Kater Mohrle aus seinem Bett zu verbannen. »Geh, Doktor, i hab doch immer so koide Fiaß!« »Dann nimmst dir eine Wärmflaschn. Aber schmeiß den Kater naus!«
»Mein Mohrle in die Kältn nausschmeißen? Nia! Liaber geh i drauf!«
Was wollte man da tun? Ein paar Züge Sauerstoff, eine Sprayflasche für die Selbstmedikation und alle guten Wünsche für ein gesundes neues Jahr.
Einer Frau war beim Zubereiten des Silvesterkarpfens das Messer ausgerutscht, und sie hatte sich in den Handrücken geschnitten. Die Wunde sah nicht gut aus, mußte mit einigen Stichen genäht werden. Eine Narbe würde bleiben. Schade, es waren junge, schöne Hände gewesen, unerfahren eben, zu unerfahren. Aber das Leben würde noch andere Wunden schlagen, zufällig und wahllos, wie diese hier.
Es ging auf elf Uhr, und Doktor Berger brühte sich einen Tee auf. Woanders brodelte die Stimmung wohl jetzt schon dem Höhepunkt entgegen, wurde reichlich Sekt, Wein, Punsch getrunken. Er hatte Dienst, konnte sich keinen Alkohol erlauben. Sein »Geschäft« fing wahrscheinlich erst nach zwölf Uhr an, wenn das neue Jahr angeschossen wurde, wenn es Brandwunden zu versorgen gab oder Schlimmeres. Vor fünf Jahren war es etwa gewesen, als der einzige Sohn des reichsten Bauern beim Böllerschießen das Augenlicht verlor.
Warum mußte man überhaupt schießen an Silvester? Ein heidnischer Brauch, um die bösen Geister zu vertreiben. Aber half das denn? Die bösen Geister waren das ganze Jahr unterwegs! Verleiteten die jungen Leute zum zu schnellen Fahren mit dem kaum gewonnenen Führerschein, zum zu vielen Trinken . . . Leichtsinn, Wurstigkeit, Gleichgültigkeit, der eigenen Gesundheit und der anderer gegenüber. Wie oft, wie sinnlos hatte Berger dagegen gekämpft, gepredigt! Von ihm erwartete man dann Wunder, wenn es fast zu spät war! ‚Wasser durch ein Sieb', dachte er. ‚Habe ich das nicht mein Leben lang getan, Wasser durch ein Sieb geschüttet? Keiner will hören, aber dann heißt es: Doktor, hilf! Und wenn es nicht schnell genug geht, wenn man

nicht zaubern kann, dann heißt es gleich: Der taugt ja nichts, der kann nichts! Arzt sein ist kein Beruf, das ist tatsächlich eine Berufung. Man muß bereit sein, immer wieder von vorne anzufangen, Tag für Tag.‘

Das Telefon schrillte. Er hob ab: »Praxis Doktor Mayerhofer.«

Wie schwer ihm das fiel, den neuen Namen auszusprechen!

Ein kurzes, hastiges Atmen in der Hörmuschel. Er nochmals: »Praxis Dr. Mayerhofer. Doktor Berger am Apparat. Was kann ich für Sie tun?«

»Ich bin neu hier in der Gemeinde. Es ist mir so peinlich. Ausgerechnet heute. Das Herz. Ich hab’ das Gefühl, es zerspringt mir in tausend Scherben. Bitte, können Sie nicht kommen? Ich bin so unruhig.«

»Aber ja, selbstverständlich. Hatten Sie diese Anfälle schon öfter? Geben Sie mir bitte Ihre Adresse. Welche Medikamente haben Sie eingenommen?«

Berger notierte. Die Straße war draußen in der Neubausiedlung. Nicht gerade der nächste Weg. Aber es war seine Pflicht.

»Geben Sie mir bitte Ihre Telefonnummer. Ich muß auf dem Anrufbeantworter hinterlassen, wo ich in der nächsten Stunde zu finden sein werde.«

Dann fuhr er los. Die Nacht war sternenklar. Der Winter ließ sich heuer Zeit. Ein bißchen Rauhreif in den Bäumen, ein Hauch von Eis auf der Straße, genug freilich, um im Graben zu landen, wenn man nicht aufpaßte. In fast allen Fenstern brannte Licht, als er durchs Dorf fuhr. Da und dort knallte es schon. Das neue Jahr war nicht mehr weit, und manche hatten es besonders eilig, es zu begrüßen.

Das Häuschen duckte sich hinter einer dichten Hecke, und nur hinter einem Fenster flackerte ein Lichtschein, wie von einer Kerze. Er läutete und wartete. Zunächst rührte sich nichts. Er läutete noch einmal, rüttelte am Gartentor. Dann summte der Türöffner. Er ging auf dem gepflasterten Weg bis zur Haustür. Den säumten Büsche wie dunkle Gespenster, deren Überwurf aus Reif im silberhellen Mondlicht wie eine Rüstung schim-

merte. Zögernd öffnete sich die Tür. Er sah nur einen Schatten, eine schmale Gestalt in einem bodenlangen Morgenmantel.
»Doktor?« fragte eine helle Stimme.
»Ja, ich bin Doktor Berger« antwortete er.
Die Sperrkette wurde zurückgezogen.
»Kommen S' rein, bittschön. Es tut mir leid, daß ich Sie bemühen muß. Ausgrechnet heut. Inzwischen ist's schon viel besser geworden.«
Im hellen Dielenlicht sah er eine zierliche Frauengestalt. Ein weißer Pagenkopf umrahmte ein Gesicht, das von dunklen, großen Augen beherrscht wurde.
»Bitte, kommen S' weiter.« Sie tastete sich ins Wohnzimmer vor. Er sah, daß sie leicht schwankte, und griff ihr hilfeleistend unter den Ellenbogen.
Das Wohnzimmer lag fast im Dunkeln, nur eine dicke Kerze brannte auf dem Tisch, umrahmt von einem Tannengesteck. Sie schaltete die Deckenbeleuchtung ein, und wieder sah er fasziniert in diese dunklen Augen. Es war ihm, als hätte er sie schon einmal gesehen. Irgendwo, vor langer, langer Zeit ...
Sie hatte sich wie erschöpft auf die Couch sinken lassen. Er setzte sich neben sie, kramte in seiner Tasche.
»Das Herz«, flüsterte sie, »und ausgrechnet heut.«
Er hatte das Stetoskop gefunden. »Machen S' bitte die obersten zwei Knöpf' auf.«
Er lauschte. »Ein bisserl unruhig, ja, aber nicht beunruhigend. Ich werd' Ihnen was dalassen.«
Sie war aufgestanden.
Er sah sie an. Fremd. Nein. Nicht ganz fremd. Irgendwo in ihm wurde eine Erinnerung wach: ‚Mirjam mit den Kirschaugen ...'
Das gab's nicht! Das war schon zu lange her. Trotzdem fragte er:
»Kennen wir uns? Wohnen Sie schon länger hier?«
»Seit einem Vierteljahr etwa. Ich hab' das Haus g'erbt. Von meinem Mann. Ich hab' gar nicht gewußt, daß er es hatte. Ich hab' so viel nicht von ihm gewußt. Als er starb, hat er mir das hier hinterlassen. Und noch einige Überraschungen. Zum Beispiel eine Tochter, die ich noch nie im Leben gesehen hab'! Sie soll sich bei

mir melden, hier, in diesem Haus. Aber ich wart immer noch. Manchmal kommt mir alles so unwirklich vor. Es ist, als tät ich neben mir gehen und wär' gar nicht mehr ich selber. Vielleicht bin ich deswegen so beunruhigt, so zerrissen. Ich bräucht' jemand, mit dem ich über das alles reden kann. Aber ich halt' Sie auf, Sie haben sicher keine Zeit.«

Er hatte sie beobachtet, wie sie dastand in ihrem samtblauen Morgenmantel, ein bißchen verloren und hilflos. Wie Mirjam mit den Kirschenaugen, wenn die anderen Kinder sie wegen ihres fremdländischen Aussehens gehänselt hatten ...

»Sie sollten ein Glasl Sekt trinken, das wäre nicht schlecht für Ihren Kreislauf.«

»Trinken Sie mit?«

Ein Welle von Leichtsinn wehte ihn an. Warum nicht? Es war Silvester. Das alte Jahr hatte nur noch eine Viertelstunde zu leben ...

»Ja, gern«, antwortete er.

Sie ging hinaus, wankte ein bißchen, mußte sich am Türrahmen festhalten. Er wollte ihr folgen, unterließ es dann aber.

Irgendetwas war hier im Raum. Er konnte es nicht fassen, er wußte nicht, was es war, und doch war es vertraut. Längst vergessen, vergraben, verschüttet – plötzlich wieder aufgetaucht ...

»Mirjam«, flüsterte er, als sie in der Tür stand, die Flasche und zwei Gläser in der Hand.

Klirrend zersprangen die Sektgläser auf dem Parkett. Die Sektflasche rollte hinterher.
»Alexander? Bist Du's wirklich? Hab' ich mich nicht getäuscht?«
»Ja, ich bin Alexander Berger. Und du bist Mirjam Schrudel? Oh Gott, wie ich diesen Namen an dir dick ghabt hab. Weißt noch, die andern ham dir immer ‚Millirahmstrudel' nachgerufen! Und ich hab' mir fest vorgenommen, daß d' einmal Berger heißen sollst. Mirjam Berger. Das wär' doch besser zsamgangen! Aber dann warst weg. Verschwunden, von einem Tag zum andern. Und ich war viel zu schüchtern, um dich zu suchen, mich nach dir zu erkundigen. Und dabei wär' ich bis ans End' von der Welt gegangen, um dich zu finden! Mirjam!«
»Alexander, mia warn Kinder, damois!« Mit einer scheuen Geste strich sie über sein schlohweißes Haar.
»Ich weiß, Mirjam, Kinder. Du zehn und ich zwölf. Und doch schon verliebt ineinander. Kinder können nicht lieben? Vielleicht tiefer, heftiger, bedingungsloser als jemals wieder im Leben! Wohin bist gangen, Mirjam?«
»Wo warst du, Alexander?«
»Ich glaub, wir haben uns viel zu erzählen. Wie heißt jetzt? Oberberger? Das ist ja sogar ein bisserl mehr als nur Berger! Glaubst, daß d' irgendwann mal auf das ‚Ober' verzichten kannst und mit ‚Berger' allein zufrieden bist? Ich brauch nicht gleich eine Antwort, aber ich will nicht wieder was versäumen. Wir dürfen uns für einen neuen Anfang nicht mehr allzu viel Zeit lassen.
Eine Tochter hast geerbt, die du noch nicht einmal kennst? Hast auch eigene Kinder?«
»Nein, das Glück hab' ich nie gehabt!«
»Glück? Wer weiß denn, ob das immer ein Glück ist?«
»Wie redst denn, Xandl! Hast kein Glück ghabt mit deinen Kindern? Oder hast auch keine?«
»Doch. Ich hab drei Kinder gehabt, zwei sind mir geblieben, und doch hab' ich heut keines. Aber das ist nur natürlich. Sie gehen ihre eigenen Wege. Und man muß dankbar sein, wenn sie sich an einen erinnern. Man hat nur die Pflicht – und die Freude –,

anständige Menschen aus ihnen zu machen. Aber keine Rechte mehr, wenn sie erst einmal erwachsen sind.«
»Warum so bitter, Xandl?«
»Ich bin alt, Mirjam. Und manchmal sehr müde.«
Sie lachte, und ihr Lachen klang hell: »Jetz schäm dich aber! Du hast's nötig, nach Komplimenten zu fischen! Guad schaugst aus! Eine sportliche Figur wie ein Junger. Und das bisserl Silber in den Haaren!«
Er streichelte ihre Hand und ergriff das Sektglas, das sie aus dem Schrank geholt und gefüllt hatte.
Da schrillte das Telefon. Sie schrak zusammen und entzog ihm ihre Finger.
»Das wird für mich sein.« Er hob ab und meldete sich. Ein Schwall von Worten schlug über ihm zusammen. Er beschwichtigte: »Ich komm ja sofort. In fünf Minuten bin ich da.«
Er suchte seine Sachen zusammen, klappte die Tasche zu, strich ihr mit einer zärtlichen Geste über die Wange.
»Daran wirst du dich nimmer gewöhnen müssen, Mirjam. Ich mach's ja nur noch aushilfsweise und weil ich mir überflüssig vorgekommen bin. Vielleicht ist es wirklich noch nicht zu spät, zu leben? Ich komm wieder, nächstes Jahr. In einer halben Stunde oder in einer ganzen oder auch erst in zwei. Jetzt kann ich's noch nicht sagen. Aber sechzig Jahr laß ich nicht mehr vergehen, da kannst Gift drauf nehmen. Oder besser nicht. Trink den Sekt, laß ihn nicht warm werden!«
Sie legte ihre Arme um seinen Hals. »Glaubst wirklich, daß es noch nicht zu spät ist? Was werden die Leut sagen?«
»Die Leut sind mir wurscht! Und für einen neuen Anfang ist es nie zu spät!«
Er stieg in sein Auto, nickte der schattenhaften Gestalt im Türrahmen kurz zu und fuhr los.

Der Koch des »Eldorado« stand schon in der Tür und fuchtelte aufgeregt mit den Händen. »Endlich, Dottore! Elena, meine Frau! Das Baby kommt zu früh! Draußen, in Speisekammer. Bitte kommen!«

Als Doktor Berger den schmalen Raum betrat, sah er, daß er wirklich keine Zeit mehr hatte, einen Krankenwagen zu bestellen. Die Schwangere stöhnte und wand sich in den Wehen. Er drehte sich nach Idalgo Perez um. »Die Frau muß sofort in die Klinik. Helfen Sie mir, sie in mein Auto zu schaffen!«
Idalgo rannen Schweißtropfen über die Stirn, als müßte er das Kind bekommen. Gemeinsam schafften sie die Frau durch den Hintereingang zu Bergers Wagen. Die fröhlich feiernden Gäste im Lokal sollten nichts merken und merkten auch nichts.
Doktor Berger kam mit Elena Perez nicht bis zur Klinik. Über der Stadt zerbarsten die bunten Feuerkugeln und krachten die Raketen des Feuerwerks, als das Kind geboren wurde, im Fond eines klapprigen Ford Kombi, der am Straßenrand stehen geblieben war, um den sich niemand kümmerte. Berger half, so gut er es vermochte, und er dachte keinen Augenblick daran, daß die Rücksitze seines Autos blutig wurden.
Es war ein Mädchen, das er der erschöpft lächelnden Elena schließlich in den Arm legen konnte. »Idalgo hatte einen Sohn haben wollen!« stammelte sie matt.
»Er wird auch mit einer Tochter glücklich sein.«
»Aber wir haben gar keinen Namen für ein Mädchen!«
»Mirjam«, sagte er, »Mirjam ist ein sehr schöner Name!«

Ans neue Jahr

Neujahr, was stehst denn in da Tür?
Kimm endle rei, sei guad zu mir!
Was ma dei Bruada, 's oide Jahr,
vasprochn hat, mach du mir wahr!
Er hat a kloane Liab mir gebn.
Nimmst du ma s' weg, nimmst ma mei Lebn!
I wui ned mehr, ois daß' ma bleibt,
daß' a weng wachst, daß' a weng treibt,
daß' Herz mir klopft, so daß i's gspür!
Neujahr, kimm rei, sei guad zu mir!

Der letzte Dog

Der letzte Dog vom oidn Jahr
ganz grau vorm Fenster steht.
Was hat's und bracht,
was machts' uns wahr,
des Jahr, des heit vageht?

No is' ganz staad, und draußd vorm Haus
foin lautlos weiße Flockn.
Auf d' Nacht, da schaugt des andast aus,
da läutn alle Glockn.

Auf d' Nacht, da gibt's a Feuerwerk,
dean s' mit Raketn schiaßn.
Mit Böllerschüss' dean s' in de Berg
as neue Jahr begriaßn.

Raketn, Raketn,
de reiman se auf – Tötn.

I wünschat ma vom neia Jahr,
des ma in d' Händ' uns legt,
koan Dog, der moi »Geschichte« waar
und der de Welt bewegt.

Da neie Kalender

A neia Kalender kimmt uns heit ins Haus,
und seine Blaadl schaugn unschuidig aus.
No ganz ohne Schicksal und jenseits der Zeit,
doch scho voller Hoffnung, Erwartung und Freid.
Was werd's uns woi bringa, des naglnei Jahr?
Wiavui vo de Wünsch, vo de Draam wern uns wahr?
Welche Dog san voi Kummer, voi Angst und voi Not?
Und ghert davo na oana am End gor am Tod?
So a neia Kalender wiagt schwaar in da Hand,
und i nimm den oidn ned gern von da Wand.
Kaam 's Jahr, des vaganga, a zwoatsmoi vorbei,
daad i's andast ofanga, na wissat i glei,
dees hab i falsch gmacht, dort hab i valorn,
da handelt i besser und nomoi von vorn.
Doch vui is aa schee gwen und richtig und guad.
Den oidn Kalender, den nimm i jetzt furt.
D' Zeit konn ma ned hoitn, de rinnt oam davo.
Was as Jahr aa mog bringa – kimm, geh mas hoid o!